ジュラの伝説

イマジネーション3

本間章治
Shoji Homma

文芸社

もくじ

第一章

一　少　女

なだらかな山道を登っていくと、見晴らしのいい原っぱに出た。遠くには山々が連なり、下の方に目をやると、青々とした針葉樹が天に向かって真っすぐに伸びている。辺りは登山客で溢れかえり、ここは休憩所のようだ。小さな山小屋風の建物の中ではお土産を売っていた。中に入ると、いろいろなものがあった。私は財布からお金を取り出し、小さくて可愛い星型のオカリナを買った。

（あれっ、一体ここはどこ？）

店員も客もみな外国人である。

外に出て今買ったオカリナを吹こうとしたが、なかなか鳴らなかった。雄大な景色を前に綺麗な音色を期待していたのに、なぜか音が出ない。諦めかけたその時、一人の女性が声を掛けてきた。でも、声は聞こえない。たぶん、「貸してごらん」と言ったのだろう。

オカリナをその女性に手渡すと、女性は笑顔を見せて受け取った。その顔は、彫りが深く鼻筋が通り、ブロンドの髪が肩まで伸び、まるで魔法の国から来た妖精のように見える。

女性がオカリナを吹くと、なぜかオカリナの先端から白い煙のようなものが出てきた。煙は、ゆっくりと空へ舞い上がり、やがて白い雲となり、次第に蝶の形になっていった。

(何だ、これ)

女性の方に目を向けると、そこにはもう女性の姿はなく、ただ人混みがあるだけだった。

弥生はそこで目が覚めた。時刻は午前五時四〇分。いつもより早い目覚めだった。ベッドに横になりながら、今見た夢について考えてみた。外国人ばかりだから、そこは日本ではないようだ。それに、あのブロンドの女性は一体誰なのか。全く見覚えのない顔である。

普通、夢には色彩がなく、その日見た夢は朝起きてすぐに記憶から消えていくものだけど、この夢には色彩があり、目覚めた今もしっかりと内容を覚えている。いつものようにリアリティのない夢ではあるが、この夢は何かが違う。この夢にどんな意味があるのか。不思議な思いだけが弥生の心に残った。


「では、行って参りまーす。今日は直帰しますのでよろしくお願いでーす」

弥生は、事務所を勢いよく飛び出した。行き先は、浦和にある依頼人のオフィスで、そこは神田にあるA法律事務所から電車を使って三〇分ほどの所にある。

弥生は一昨年の三月に大学を卒業し、今いる法律事務所に就職してから、あと一カ月ちょっとで丸一年になる。今は「弁護士」の肩書になっているが、まだ見習いのようなもので、五つ年上の先輩弁護士の指導の下で働いていた。

A法律事務所は、主に民事の事案を取り扱い、代表弁護士である橘良一は、民間企業の顧問や社外取締役という安定した仕事を数社受け持っている。そこに、先輩弁護士である長谷川と、北条弥生が橘のアシスタントとして彼の仕事を手伝うとともに、その他に多数飛び込んでくる種々の事案を受け持っていた。

神田駅から徒歩二分の所にあるこのビルの中には複数の法律事務所が入居し、A法律事務所はここの二階にある。

弥生が今回受け持ったのは、交通事故だった。これは簡単そうだが、必ずしもそうではない。交通事故の事案は多数の事例があるので、対応の手順はおよそ決まってはいるが、交渉相手は生身の人間であり、事故の状況はそれぞれに違いがある。だから、一つ一つ事実を確認し、聞き取りを繰り返しながら、依頼人の意思を尊重しつつ、納得のいく内容に納めなくてはならないのである。

弥生は、この日は依頼人の話を聞きに、そして事故現場や事故の状況を確認しに向かったのだった。たまたま、浦和は弥生の住む大宮に近かったので、出がけに「直帰」と言った。

二月半ばの東京は寒く、弥生は白いコートに赤いマフラーをしていた。そして、いつものように黒くて大きな鞄を肩から下げ、急いで電車に飛び乗った。昼下がりの電車の中は、ビジネスマンと思しき人たちと、暇そうな学生や年配の女性が多く、そのほとんどがスマホを覗いているのだから変な時代である。

弥生は電車の中でスマホを見続けることはあまりない。今日も弥生の頭の中では、仕事の段取りや、何を聞き出すか、何を伝えるべきかといろいろなことが行き交っていた。窓の向こうでは梅の花が赤く色づき始めているが、弥生の視界にはその景色は何も入ってこない。いつものことである。

浦和駅に着き、弥生は階段を駆け上り急いで改札口を出た。そして、左手にカーブする歩道を足早に進んでいった。決して時間がないわけではない。これは弥生の性格のようなもので、つまりセッカチなのである。長谷川先輩からも、

「北条は早口だし、相手より先回りして話し出すから、聞いている方はストレスなんだよな。いいかい、もっと、相手の話を最後までよく聞かないと。相手に話させることも大切なんだよ」

と、何度か言われていた。

弥生は、頭の回転が速いというか、相手の言わんとすることがすぐに分かってしまうのだ。だから、先回りして言ってしまい、そして閉口される。決して悪気はないのだが、ただ、まどろっこしいのである。だから、セッカチなのだ。本人もそのへんを少しは分かっているが、ついそうなってしまうのだった。訪問先には、五分前に到着するのが事務所のマナーだが、今回も一五分ほどの余裕が既にあった。

なだらかな坂道を下っていくと、その先に小さな児童公園が見えてきた。目的地はその公園の先にある。弥生が公園の横を通り過ぎようとしたその時だった。弥生は、へん

……）と唸った。何か変な感じのものが頭の中に飛び込んできたのである。それは何とも不思議な感覚だった。

（何かな……）

弥生は歩みを緩め、その方角に目を向けると、公園の端にあるベンチに女の子が一人、頭を抱えるように前屈みで座っているのが見えた。

（あれっ、どうしたのかな？）

弥生は完全に歩みを止め、その場に立ち止まったまま、しばらくその女の子の様子を窺《うかが》っていた。

公園の中には、幼児四人とその母親と思われる女性二人が公園の右奥にある砂場近くにいるのが見えるだけで、その子の近くには誰もいなかった。

弥生はどうしたものか迷った。具合でも悪いのかと思ったからだ。すると今度は、

（ン……）

と唸るような声が弥生の頭の中に飛び込んできた。

少しためらいがあったが、弥生は意を決し、ゆっくりと女の子が座るベンチに向かっていった。そして、ベンチの前に来て少しだけ腰を屈め、声を掛けた。

「どうしたの？　大丈夫かな？」

返事はなかった。弥生は少し間を置いてまた声を掛けた。

「大丈夫？」

女の子がゆっくりと頭を持ち上げると、彼女の黒髪は流れるようにピンク色のジャンパーの肩に落ちていった。

「ええ……、大丈夫です」

女の子は弥生を見上げて言った。

その瞬間、弥生は思わず目を見張った。その子はまるで外国人のような顔立ちだったのだ。でも、日本語を話したので、すぐに（ハーフかな）と思った。顔は小さく色白で、鼻が高く、整った輪郭。ただ、瞳は黒かった。そして、今朝見た夢の女性に似ていると思った。しかし夢の中の女性の髪はブロンドで、しかも大人である。やはり、違うか。

「そう……。大丈夫ならいいけど、歩けるのかな？」

「はい。たぶん、歩けると思います。ちょっと頭が痛かったけど、もう大丈夫です」

今度はしっかりした声が返ってきた。

「熱はない？　家は近いの？　送ろうか？」

「いいえ、大丈夫です。それに、これからおじいちゃんの病院に行くところなんです。今日退院だから、迎えに……」

「そう……、じゃ、気をつけてね」

弥生は多少の心配が残るものの、その子に背を向けて歩き出した。しかし、その時だった。

「あのう……、おばさん」という女の子の声が弥生の背中に響いた。

弥生は、「おばさん」という言葉に思わず反応した。すぐに振り向き、

「おばさんじゃなくて、お姉さんでしょ」

と、つい言ってしまったのだった。そして、睨《にら》むような顔真似をした。すると、女の子は目を大きく見開き、ハトが豆鉄砲でもくらったかのような顔になった。

「あのう……、スイマセン。いや、ただ、お礼を言いたくて、つい……」

そう言って、その子はベンチから立ち上がった。そして、

「ありがとうございました」と言って、勢い良く頭を下げたのだった。

弥生はその姿を見て、大人気なかったかと反省した。

「いいえ、どういたしまして」

二人はしばらく見つめ合ったままだった。弥生にはまだその子に対する不思議な感覚が続いていたのである。

女の子の方も、弥生の顔を不思議そうに見つめていた。弥生は、またその子に近づき、

「私は、北条弥生、二四歳。弁護士よ」

と言って、鞄から名刺入れを取り出し、その中から一枚の名刺を女の子に渡したのだった。自己紹介した方が、安心するだろうと思ったからである。そしてまた、決して怖い変なお姉さんではないと言いたかったからでもある。

女の子は、驚いた顔をしたまま名刺を受け取り、しばらくそれを眺めていた。そして、少し間が空いたが、

「私は、紗愛《さら》と言います。鈴木紗愛。一〇歳です」と言った。

少し落ち着いてきたようだ。

「紗愛ちゃんね、お姉さんはこれからお仕事なの。だから、また今度ね。じゃあまたね」

弥生は、「お姉さん」であることを強調しつつ、その場を後にした。

弥生は歩きながら、公園に通りかかった時に感じたあの感覚は一体何だったのかと考えた。確かにあの時、彼女から発する何かを感じ取ったのである。

（どうして、あの子から……）

弥生は不思議でならなかった。まだほんの子供である。

弥生のこの日の仕事は結局早く済んだ。話が少し長引いたため事故の状況を聞き取る

だけにし、予定していた事故現場の確認はまた別の日にしたためである。

事故は、三日前の午前中に、依頼人が仕事に向かう途中の丁字路で起きた。そこは、信号機のある交差点で、依頼人が左折しようとした時に起きたという。右から来た四トントラックに、依頼人の乗っていた乗用車の鼻先が接触し、ボンネットとフェンダーが大破したのである。エンジン部分は助かったとのことだった。

依頼人は、信号が青であることを確認して交差点に入ったという。また、四トントラックの運転手も青だったと主張しているとのこと。だから、どちらかが信号を見誤ったか、または嘘を言っていることになるが、弥生は当然依頼人の側に立つ。

「あの時はもう、一歩間違えば大怪我か、死んでいたかと思うと怖くなりますよ。急に目の前がガガガと引っ張られまして、大きな壁ができたんです。一瞬、何が起きたのか分かりませんでした。いやー、怖かったです。幸い大した怪我はないのですが、念のため整形外科に行ったら、首の捻挫と腰部挫傷と診断されて驚きました。えっと……、診断書はもらって来ました。これです」

弥生は、依頼人は極めて冷静で、事故の状況を頭の中でよく整理していると思いながら聞いていた。

「ドライブレコーダーがあれば良かったんですけどね……、それが、先方にもないんです。それに、防犯カメラとか、目撃者もいないようでして……、この場合どうなりますかね？」

「警察は何と？」

「『あとはそちらの方で』と、実に簡単なものでした。どっちが悪いとかは言っていませんでしたね」

「そうですか……。人身事故だと、警察の方も現場検証を真面目にやるのでしょうが、あとは保険屋の出番と考えているのでしょうね。で、先方の保険会社から何か連絡はありましたか？」

「ええ、昨日ありました。それが、なぜか高飛車で、こっちが悪いという前提で話してくるんですよね。感じの悪い女の人でした。A損保です」

「そうでしたか……。明日にでも私の方から保険会社と相手方に連絡を取ってみますので、あとはお任せください。でも、どちらも青と主張する場合は、過失割合は五対五もあり得ますし……、現場の状況で見晴らしがいいとか悪いとかでも変わりますが……。最悪、裁判という手もありますけど、先方の出方にもよりますね」

「そうですか……、よろしくお願いします」

その日は、他に細々と聞いて、それで終わった。依頼人は真面目そうな三〇代半ばの男性だった。結婚していて、まだ子供はいないと言っていたが、ともかく、大した怪我がなくて良かったと弥生は思った。事故現場を見ないと何とも言えないが、双方が青の主張で、目撃者や防犯カメラなどの証拠がないとなると、長引く可能性もある。厄介な事案である。

紗愛は、祖父とともに病院から家に戻り、自分の部屋にある机の前に座りながら考え事をしていた。公園で会ったお姉さんのことが気になっていたのである。

紗愛も弥生に対し、普通ではない何かを感じ取っていた。優しそうなお姉さんではあるが、でも不思議な感覚。また紗愛は、あの時弥生が自分のことを不思議そうな顔をして見ていたのを感じていた。そのことにも、なぜだろうかと考えた。そして、

「やっぱり変、絶対に変、あのお姉さんは絶対に変よ」

と、紗愛は「変よ」を頭の中で連発していた。そして、（あのお姉さんは、ひょっとして宇宙人かも）と、真面目に考えたのだった。

紗愛があのベンチに座ったのには理由《わけ》があった。紗愛が、ちょうどあの公園の横を通った時、まるで砂嵐のような「ザー」という音が頭の中で響いたからだ。テレビ画面で

たまに見る砂嵐のようなアレである。その音は一〇分くらい続き、次第に収まっていったが、これもおかしなことだと紗愛は思っていた。あれは決して耳鳴りではない。「キーン」という甲高い音とは明らかに違っていたのだ。

今までに何度かそんなことがあったような気もするが、こんなに激しいのは初めてだった。だから、頭の中で何か変なことが起こっているのではないかと紗愛は不安になっていた。


紗愛は、父の鈴木淳也とイギリス人である母・キャサリンとの間にできた子である。しかし、今は祖父の鈴木淳一と二人で暮らしていた。それは、紗愛が三歳の時に父と母が離婚し、母は母国のイギリスに帰ったからだ。その理由は、母が病気になって、とても日本では暮らせなかったからとのこと。それで父が紗愛を引き取ったのである。

そして、紗愛が小学二年の夏に今度は父が他界した。原因は心臓病だった。その時、父の姉である勝子が紗愛を引き取ると言ったのだが、紗愛がそれまで祖父と父と三人で暮らしていたため、紗愛は祖父と暮らすのを選んだのだった。二年半前のことである。

紗愛にとって、両親がいない生活は寂しいだけではない。かなり辛い。両親と一緒に歩く友達の姿を見た時は羨ましく思いながら眺めていた。また、学校での生活は、両親が二人とも健在であることを前提に全てが組み立てられていて、授業参観や運動会、母の日に父の日、宿題の作文や図工だって大体がそうなっている。紗愛に両親がいないのは自分の責任ではない。だから、先生にそのことを説明するのが辛かった。そして、嫌だった。

また、自分がハーフであることも嫌だった。顔立ちが明らかに他の同級生と違い、何かと注目されジロジロと見られるからだ。学校ではもう慣れているものの、それでも何かあるとすぐ注目されるのだ。廊下を歩いていても、トイレに入る時も、校庭で逆上がりしている時も。

ハーフや母国が外国の子は、同学年で紗愛を含め四人いる。しかし、女子は紗愛だけだった。

「紗愛ちゃんは美人でスタイルがいいからよ。羨ましい限りよ」

と、友人の佳恵は言っていたが、紗愛は普通の方が良いと思っている。男子はまだいい。しかし、女子は露骨にフンと無視したり、何人かでヒソヒソと紗愛の方に目を向けたまま話をしたり、笑ったりするのだ。決して、いじめを受けているわけではないが、普通じゃないのが嫌だった。

父はあまり母のことを話すことはなかった。紗愛は母の顔を覚えていない。アルバムにある母の写真は、紗愛が三歳までのもので、紗愛は母がいないことが寂しかった。そして、今度は父もいなくなった。兄弟姉妹ももちろんいない。ベッドの中で泣くことはこれまでに数えきれないくらいある。そのたびに「母に会いたい」と強く願った。しかし、そのことを言うのは祖父に悪いと思い、祖父の前ではなるべく明るく振る舞うようにしていた。

不安はたくさんある。将来のことについてだ。高校はどうなるのか、大学はどうなるのか、この先、自分はどうなるのかと。

祖父は、今年で六六歳になる。昨年、会社を定年退職し、「もうすぐ年金がもらえるぞ」と喜んで話していた。祖父は優しい人だが、もう高齢《とし》だ。祖父が紗愛に一生懸命であることは紗愛にも分かる。だから、祖父の体のことが心配だった。今回も、大腸ポリープの切除と言って入院したが、何ともなければいいがと祈るばかりだった。

祖母は、紗愛が生まれる前に亡くなっていた。その理由は病気だと父が言っていた。祖父も寂しいのだろうと思う。だから、できるだけ祖父の傍にいてやりたいと紗愛は思っている。

叔母の勝子も優しいけれど、叔母の所に養子に入るわけにはいかない。叔母の家には子供が三人もいて、もう入りづらくなっているのだ。家に遊びに行くのとはわけが違うと紗愛は考えていた。

あれから二日経った日曜日、弥生が家の近くにある大きなショッピングモールでいろいろと洋服を選んでいる時だった。急にあの時と同じ感覚が弥生の頭の中に飛び込んできたのである。

弥生は、すぐに（紗愛ちゃんだな）と思い、辺りをキョロキョロと見渡した。近くに紗愛がいると思ったからだ。すると、店の外の通路の、クリアなガラス窓の向こう側に紗愛の姿があった。その距離約一〇メートル。

紗愛の横には大人の男の人が立っていた。六〇歳を過ぎたと思しき初老の紳士に見える。弥生はすぐに紗愛の祖父だなと思った。

弥生は、紗愛を見つけてすぐに軽く手を振った。すると紗愛はそれに気づき、弥生のその行為に驚いた顔をした。

（どうして、私がここにいると分かったんだろう?）というような顔である。弥生にはまるで、紗愛の思いが聞こえるようだった。

弥生は二人に近づき、声を掛けた。

「コンニチハ。今日はお買物かな？」

紗愛はまた驚いた顔をし、大きな目をさらに大きく見開いた。

（なんで？）

弥生は、（ああ、パニクっている）と思った。

「紗愛ちゃん。もう、大丈夫かな？」

弥生は腰を少し屈め、笑顔で紗愛に話し掛けた。

「はい。大丈夫です」

紗愛は小さくそう返事をし、心配そうに祖父を見上げた。

「北条弥生と申します。金曜日に公園で偶然紗愛ちゃんとお会いしまして。ね、紗愛ちゃん」

弥生はとりあえず紗愛の祖父に説明した。

「はあ……」と祖父は返事をし、軽く会釈した。紗愛は、

「この前、公園で頭が痛くなった時にね、このお姉さんが声を掛けてくれたの」

と、祖父に説明した。今度はちゃんと「お姉さん」になっていた。

「これはどうも。紗愛がお世話になりまして……」

あまり合点がいかないような顔をしながら祖父はまた会釈をした。弥生は笑顔を作り、

「じゃ、またね」と言って、二人から離れていった。

弥生がその夜ベッドの上で寝そべっている時に、枕元に置いてあったスマホが突然鳴った。体を起こしスマホを手に取ると、着信画面には発信者の名前はなく（誰かな）と思いながら電話に出た。

「はい、北条です」

「もしもし、あのう……、鈴木紗愛です。夜分にスミマセン。名刺に電話番号があったから……」

ひ弱な声が聞こえてきた。紗愛は、恐る恐る電話を掛けているようだ。

「えっ、紗愛ちゃん？　あれっ、どうしたのかな？」

弥生は突然の紗愛の電話に驚いた。そして、（何だろう？）と思いながら紗愛の言葉を待った。

「あのう、実は……、お姉さんにちょっとお聞きしたいことがありまして……。聞いてもいいですか？」

今度はハッキリした声になった。

「えっ、いいけど……。何かな？」

「お姉さんは、紗愛のことをどう思っていますか？　変な子だと思っていますか？　公園で会った時、何か変な顔をしていたし……、お店の時も変な顔して紗愛のことを見ていたから……。紗愛は、自分のことを変だと思っているんだけど、それがお姉さんにも分かるのかなと思って。だから……」

紗愛は何に悩んでいるのか、その言葉からは分からなかった。自分自身に何か違和感があるようだ。

「ん……、お姉さんは紗愛ちゃんのことを別に変だとは思っていないけど……。ただ……、ひょっとして、紗愛ちゃんには何か変わった力があるんじゃないのかなって感じているだけだよ。どうかしら？」

「変わったチカラですか？」

「ただ、そう感じるだけよ。気にしないでね。気を悪くしたらゴメンね」

「いえ、別に、何でもないです。でも、チカラって何ですか？」

「他の人にはない特別なもの。例えば……、他の人には見えないものが見えるとか、聞こえるとか、感じるとかね。そういったものよ」

紗愛はしばらく間を置いた。そして、意を決したかのように話し出した。

「あのね、実は私……、見えるんです。自分でも不思議だなと思うんですが……、遠くのものが見えるんです。えっと……、いや、見えるというよりは……、頭の中に浮かんでくるというか……。だから、紗愛は自分のことを変だと思っています」

弥生はその言葉に（まさか）と思った。

「ン……、それって、どんなことかな？　詳しく教えてくれないかな？」

紗愛は弥生に促され、今までにあったこと、感じていたことを語っていった。


——あれは去年のバス遠足の時でした。

その日は、天気が良くて、遠足にはもってこいの日でした。山の麓の駐車場にバスを停めて、同じ学年の生徒約八〇人と先生たち四人が山に登っていったんです。

山は新緑が気持ちよくて、鳥も空高く飛んでいました。みんなで木の枝を押し分けながら、一列になって山道を登っていきました。頂上に着いたのは登り始めてから一時間半以上経ってからでした。

山頂では六人ごとの班に分かれて、木とか花とか鳥とかを思い思いにスケッチして、お弁当を食べて、走り回ったりして遊びました。そして、二時頃になって下山となりました。麓の駐車場までは一時間くらいかなと思っていました。

下りは班ごとの行動で、紗愛たちの五班は最後尾となって、その後ろに先生が付きました。山を下り始めた所で、男子二人が突然、「トイレ行きたい」と言い出して……。

班長の山根さんは、「駐車場まで我慢できないの？」と言ったんだけど、二人はお構いなしに行ってしまったんです。だから、五班は二人が帰ってくるまで身動きが取れませんでした。後ろにいた先生も、「しょうがないな」と言っていました。

三分くらい経ってから二人が「ゴメン、ゴメン」と言いながら戻って来ましたが、気が付くと先を進んでいる人たちの姿が全く見えなくなっていて、声もしなくなっていました。

「じゃ、急ごう」と先生がみんなに言うと、男子たちが先頭を駆けていったんです。それで、女子たちはその後を追うことになったんです。先生はその後ろにいました。

しばらく下った所で男子たちが、「この道、違うな」と言い出して……。見ると、辺りは林になっていて、登りの時の景色とは明らかに違っていました。

「先生、どうしよう？」って、山根さんが先生に聞くと、先生が「じゃあ、元に戻ろうか？　こういう時は、元に戻るのがいいらしい。そして、元の道が分かったら、また下ればいいのさ」と言って、五班は先生の後ろに付いて登っていきました。でも、一〇分くらい登った所で、どれが元の正しい道なのか分からなくなったんです。

「何か、違うんじゃない？」と山根さんが言うと、男子たちも「これは絶対違うな」と、偉そうに言い出して、さすがに先生も困った顔をして、その時は完全に迷ったようでした。

先生は、スマホで調べようとしたんですが、電波が届かないみたいで使い物にならなかったんです。それで、みんな迷子になりました。

紗愛も最初は「どうしよう」と不安だったんですが、ここにいてもしょうがないと思って、「道はどっちかな」と考えたんです。「こっちが、今登ってきた道で、さっき下っていった道。だから、行くべきはどっちだ？」って。左右のどちらの道が正しいかを考えました。すると、なぜか頭の中に進むべき道というか、方角が紗愛の頭の中に浮かんできたんです。それは「左」を指していました。

この時、紗愛には何か妙に自信がありました。この道は駐車場に繋がっていると感じたんです。まるで見えているような感じでした。車についているナビゲーションってあるでしょ。まるでその矢印のようなものが頭の中にあるようで……。それが「左」と言っていました。

だから、「先生、こっちよ」と紗愛が言いました。すると、他のみんなも先生も驚いた顔をしました。

「鈴木、分かるのか？」って、先生が聞いたので、「ウン、分かる。みんな付いて来て」

と言いました。「紗愛ちゃん、大丈夫なの？」と、佳恵ちゃんも心配そうに聞いてきたんだけど、「大丈夫よ。間違えたら、またここまで戻って、今度は反対側に行けばいいのよ。ここに目印を付けましょう」って答えました。

それで、紗愛がハンカチを木の枝に括り付けて、「だから、安心よ」とみんなに言ったんです。そうしたら、先生も「確かに」と言って、元気を取り戻したようでした。

今度は紗愛を先頭に、みんなで下山していきました。その時は本当に自信があったから、足取りは軽く感じました。それから一五分くらいだったと思います。下りていくと駐車場が下の方に見えてきたんです。男子たちは、「おお、バスが見える」と言って走り出しました。女子たちはその後をゆっくりと歩いていき、駐車場に無事到着しました。

佳恵ちゃんは、「一時はどうなるかと思ったけど。紗愛ちゃん、ありがとう」と言っていました。先生も「鈴木、お手柄だ」と言って褒めてくれました。

これが、クラス内に広まって……。男子たちが言い広めたようなんですが、「鈴木は超能力者だ」という噂が広まりました。確かにあの時、紗愛には不思議と自信がありました。だから、紗愛も「これは超能力かも」とその時思ったんです。

それからもう一つあって……、遠足が終わって二カ月くらい経った頃でした。佳恵ちゃんや他の四人と校庭の生垣がある所で「かくれんぼ」をしていた時でした。

そこは、生垣が紗愛の胸辺りまでの高さに切り揃えられていて、それがまるで迷路のように三列に植えられているんです。だから、隠れるにはもってこいの場所でした。しゃがめば隠れるし、ヒョイと頭を持ち上げれば、辺りを見渡せるんです。

それが……、紗愛が鬼の時だったんですが……。みんながそれぞれに隠れ、紗愛は、みんなが隠れている場所を探しました。紗愛がみんなを次々と探し当て、そして、あと一人となった時です。美麻ちゃんがなかなか見つからなかったので、紗愛は「美麻ちゃんはどこかな？」と考えたんです。そうしたら、なぜか急に隠れている場所が頭の中に浮かんできたんです。遠足の時と同じようにあの矢印のようなものが紗愛の頭の中に浮かんできて、その場所を指し示したんです。だから、「まただ」と思いました。

この時、美麻ちゃんは生垣の先にある大きな木の下にしゃがんで隠れていたんですが、ただ、木の枝で右膝を擦って血を流していたんです。美麻ちゃんは痛いのを我慢して、持っていたティッシュで血を拭き取りながら隠れていたんです。それが紗愛に分かったんです。今度は場所だけでなく、血を流していることも分かったんです。まるで見えているようでした。

だから、紗愛は「大変。美麻ちゃんが怪我している」と叫びました。すると、他のみんなも、「どうしたの？」と言ってきて、「美麻ちゃーん」と叫びながら探し始めました。紗愛が、「こっちよ」と言って、生垣を通り越して大きな木の陰に回りこんだら、美麻ちゃんがしゃがんでいて、足をティッシュで押さえていました。そこに、みんなが集まってきて、「大変。先生を呼んでくる」と佳恵ちゃんが言って、職員室に向かっていきました。

この時も、「これは超能力かも」と思いました。今度は、美麻ちゃんの隠れた場所と一緒に、怪我していることまで分かったんです。——

紗愛は説明し終え、

「ねえ、どうですか？　おかしいでしょ」と聞いた。

弥生は、紗愛の話を（すごい）と感心しながら聞いていた。

「紗愛ちゃんは、やっぱり特別ね。思った通り」

「ああ、良かった」

紗愛は、（自分はもしかして変なのかな）（これはホントに超能力なのかな）と思い悩みながら、（ひょっとしてあのお姉さんには分かるのかも）と、思いながら弥生を頼ったのだろう。

「実はね、私も少し変なところがあるのよ」と弥生が言うと、紗愛は、

「えっ、お姉さんも、ですか？　ひょっとしてお姉さんは宇宙人ですか？」

と聞いてきた。

「ふふふ、そんなことないわよ。何言っているのよ。私も、紗愛ちゃんも地球人よ。ワレワレは地球人。安心してね」

「へえ……、そうなんだ……」

紗愛は弥生のことを本当に宇宙人と思っていたのだろうか。

「でもね、これにはきっとわけがあると思うんだな。私の場合はね、おばあちゃんからもらった象牙でできた球の彫り物なんだけど……。それも、中国で作った物。それをもらってから変になったの。それがきっかけで、何て言うか……、頭の中のどこかのスイッチが入ったようにいろいろと感じるようになったのね。他の人の思いとかも聞こえてきたりして。それが、その人が遠くにいても感じるようになってね。それに、見えたりもするの。まるで、この宇宙空間に漂う情報みたいなものがね、私の頭の中に飛び込んでくるような感じなのよ。変でしょ。だから、紗愛ちゃんの場合も、何かきっかけになるようなものがあるんじゃないのかなって思うんだけど……。何かそういうものないのかな……。どうかな？」

弥生の祖母は弥生が中学生の時に亡くなり、その時に形見としてもらった物が象牙でできた球だった。それは、祖母が以前に友人たちと香港に行った時に買ってきた物で、球の中に繊細なタッチで人物などが彫られているものである。

「ん……、分かんないな……。紗愛は、何も持っていないと思うけど……。でも……、おじいちゃんに聞いてみようかな……。家に何か、特別な物はないかって」

「でもね、紗愛ちゃんの特別な能力のことはまだ言わない方がいいと思うよ。おじいちゃんが、紗愛ちゃんの頭がおかしくなったって思うかもしれないからね。病院へ連れていかれちゃったら大変だから」

「はい、分かりました。じゃあ、それとなく聞いてみます」

その後も、弥生と紗愛の会話はしばらく続いた。紗愛もすっかり安心したようで、最後は楽しそうに話をしていたのである。

紗愛はやっぱり変わった力の持ち主だった。あの公園で弥生が感じたのは、紗愛の持つ力が違和感として弥生に伝わったのだろう。でも、まだ一〇歳と言っていた。若い分、感受性が高いのだろうか。

紗愛は次の日、学校から帰って来てすぐに祖父に聞いてみた。

「家に木彫りの置物とか、何かないかな？　絵を描く宿題があって」

「木彫りねえ……。木彫りなら、北海道に行った時の熊くらいかな……」

「ええっ、他にないの？　海外の物とか、例えば中国の物とか」

「中国ねえ……。思いつかないな。海外ねえ……」

「お父さんとお母さんは、昔、外国にいたんでしょ？」

「そうだけど……。でも彫り物ねえ……。あっ、そう言えば、紗愛は、お父さんからもらったブローチを持っていただろ。それはどうなんだ？　あれも彫り物だぞ」

「ブローチって？」

「覚えていないかな？　お母さんが『紗愛に』って置いていったんだと思うけど。お父さんから、前に黒っぽい箱に入ったものをもらっただろう……。覚えていないか？」

「えっ、そうなの？　覚えてないけど……。じゃ、探してみる」

紗愛は、急いで自分の部屋に行き、机の引き出しの中を探してみた。しかし、そこには黒い箱はなかった。次にクローゼットの奥に入れてあるダンボール箱を引きずり出した。それは、紗愛が小さい頃から大事にしていた人形とか、おもちゃとか、細かな宝物を保管しているものである。

それを急いで開けてみた。ごちゃごちゃといろんな物が乱雑に積み重ねられていたが、箱の奥の方に手を入れると、隅の方に黒っぽい箱があった。

（あっ、これだ）と思い、紗愛は急いで取り出した。

その箱は、縦横一〇センチメートル、厚みが六センチメートルくらいある硬い紙でできていた。蓋を開けると、中にはピンク色の布で覆われたものがあった。その中は綿のように柔らかいクッションが敷き詰められていて、ピンク色の布をゆっくり広げると、ついにそれが現れた。

紗愛は、それを大事に手に取って眺めた。しかし、それは木ではなく石のような感触で、全体が淡いピンク色をし、縦に長い楕円形の物だった。そこに女性の横顔が彫られている。長さは四センチ、横幅は三センチ、厚みは五ミリくらいだ。また、その石の周りには綺麗に装飾された金属の枠があり、金色に鈍く輝いていた。それは、紗愛にも高価な物と分かる。

「おじいちゃん、これ見て。見つけたよ。これでしょ、さっき言っていたもの？」

「おお、そう、そう。これだよ。良かったね、見つかって。これはすごい物だよ。これはね、カメオって言うんだよ」

「カメオ？」

「そうだよ。カメオは、貝殻を彫ったものが多いんだけれど、これは大理石でできているのかもしれないね。少し重いけれど、うっすらとピンクがかっているだろう。これは非常に珍しい物だよ。それに、この枠。金でできているな。この装飾も凝っているから、かなり高価な物だと思うよ。お宝だぞ。大事にするんだぞ」

「ん、分かった。大事にする。お母さんからもらったものなんだね。すごい。紗愛、大事にするよ」

紗愛は、すごい発見に飛び上がるように喜んだ。だから、その夜に弥生に早速伝えた。


「お姉さん、弥生お姉さん、紗愛だよ」

弥生は、この時お風呂に入ろうと洋服を脱いだところだった。

「あらっ、紗愛ちゃん、コンニチハ。聞こえているわよ。でも今、お風呂場で洋服を脱いだところなのよ。裸だから、お風呂から出たらこっちから連絡するわね」

紗愛は、待ち遠しかった。早くお風呂から出てこないかなと、机の上に置いてある時計を何度も見ていた。早く話したくてしょうがなかったのだ。ちょうど二五分くらい経った頃だった。

「紗愛ちゃん、出たわよ。お待たせー」

「見つかったの」と、紗愛からの一報が弥生の耳に響いた。

「えっ、何が？」

「彫り物。お姉さんが前に言っていたものよ」

「彫り物？」

「たぶん、これだと思う。中国っぽくないけど。おじいちゃんは、これはカメオのブローチだって言っていたの」

「カメオのブローチ？」

弥生には、まだ何のことか全く分からなかった。

「超能力のきっかけになるものだよ。お姉さんは象牙って言っていたヤツ」

弥生は、ここでやっと紗愛が言わんとすることが分かった。

「へえー、そうなんだ。じゃあ、今度お姉さんにも見せてくれる？」

「うん、いいよ。すっごく綺麗なものだよ。お母さんのらしいの。見たらお姉さんも絶対にビックリするから。楽しみにしていてね」

弥生には、紗愛の嬉しそうな顔がまるで見えるようだった。そして、今度の日曜日にあの公園で一一時に会う約束をしたのだった。

紗愛は嬉しかった。自分の秘密を共有するお姉さんができたことに。そして、何でも話せることも嬉しかった。今までこんな感覚はなかった。父が亡くなって、母もいなくて寂しかった。祖父は優しいが、遠慮があったし、自分の秘密を話せる相手ではない。父の姉である勝子叔母さんも、紗愛を心配してくれてはいるが、やっぱり、心から打ち解けて話せる相手ではなかった。

でも今回、初めてこの世で唯一信頼できる仲間のような、秘密を話せる身内のような人が現れたのだ。だから、紗愛の心はウキウキし、今まで曇りだった空が一遍に晴れ渡ったような感覚がしていた。また、母からもらったカメオに何か秘密がありそうだということも嬉しかった。

最初は、これは紗愛とお姉さんだけの秘密にしようと思っていた。でも、秘密を隠そうと思えば思うほど、誰かに話したくなってきたのである。だから、親友の佳恵には言ってもいいかなと思うようになった。

佳恵は紗愛の家の近くに住んでいて、小学校一年生の時から登下校は一緒で、三年生のクラス替えの時には同じクラスになっていた。だから、紗愛は佳恵のことを親友だと思っている。

紗愛は、学校からの帰り道で佳恵に言った。

「佳恵ちゃん、実はね、佳恵ちゃんに話したいことがあるんだけど……、今日、佳恵ちゃんの家に行ってもいい?」

「話って?」

「すっごく大事なことなんだけど……、誰にも言わないって約束できる?」

「何それ……。何か聞きたくなっちゃうような言い方だけど……。分かったわ。秘密は守る。私の口は岩のように硬いのよ。安心して。たとえ、拷問されても守るから。命を懸けて」

佳恵はそう言って、右手で拳を作り、それを左胸に当てた。紗愛はそれを確認し、

「分かったわ。じゃあ、家にランドセル置いてすぐに行くからね。紗愛の家にはおじいちゃんがいるから、聞かれるとマズイし」

紗愛は、ランドセルを家に置いてすぐに佳恵の家に向かった。

佳恵の家は門も大きく、そこを通り抜けて玄関まで芝生に囲まれた石畳を紗愛は渡っていった。玄関ドアを開けると、そこは一〇畳ほどの大きな広間になっていて、玄関だけでもまるで一つの部屋のようである。

「コンニチハ。佳恵ちゃんいますか?」

「あら紗愛ちゃん、コンニチハ。佳恵は二階よ。どうぞ」

紗愛は、佳恵の母親に挨拶をして二階にある佳恵の部屋に駆け上がった。何度も来て

いるので、慣れたものである。佳恵の部屋に入ると、五分くらいでお菓子と飲み物を持ってくるのが慣例で、それを静かに待った。

佳恵の母親が部屋を出て行き、紗愛はその足音を確認した。これでやっと佳恵と二人きりになった。

「実はね……、話というのはね……、ええと、超能力のことなの」

「ええっ、超能力?」

佳恵は、驚いた顔とともに、聞き間違いかというような顔をした。

「そう、超能力よ」

「えっ、で、なんで?」

佳恵の不思議な顔は続いた。紗愛も、どう説明していいかと考えた。

「実はね、この前、公園であるお姉さんに会ったんだけど……、それがね、紗愛の考えていることが、何もしゃべってないのに、そのお姉さんには分かるようでね。そして、この前、そのお姉さんと電話で話したんだけど、紗愛にはやっぱり超能力があることが分かったのよ。以前から、紗愛もそうかなとは思っていたんだけど、やっぱりそうなのよ」

「えっ、それってホントなの?」

佳恵は、俄《にわ》かに信じられないという顔をした。

でも、佳恵は遠足の時も、かくれんぼの時も紗愛と一緒にいたので、紗愛ちゃんはひょっとして超能力の持ち主かもと思っていたのだった。クラスの大半の子はたぶんそう思っているはずである。

紗愛は、佳恵の目を何ら気にせずに話し出した。弥生と会った経緯をゆっくりと語り、その時に話題になった彫り物のことも話した。

「カメオ?」

「そう。これよ」

紗愛は、家から持ってきたカメオを「お母さんからもらった」との説明を加え、佳恵に見せた。

「わー、綺麗。素敵ね」

佳恵はそう言ってカメオを手に取った。そして、横にしたり、上に持ち上げたり、ひっくり返したりして、じっくりと観察するように眺めた。

「これが、原因ってこと?」

「私はそう思っているんだけど……、だから今度の日曜日にお姉さんに見せて、確かめてもらうのよ」

「えっ、大丈夫なの? 盗られたりしない?」

「大丈夫よ。その人は弁護士さんなの。名刺をもらったから安心していいよ。だから大丈夫。それでね、佳恵ちゃん、どうかな？　できれば紗愛と一緒に公園に行ってくれないかな？」

「えっ、いいの、私も行って？」

紗愛は佳恵を誘ったのだった。実は、紗愛は自分一人でこの大事な局面に耐えられるか心配だったのだ。率直に言って耐えられる自信がなかった。今度ばかりは、自分の大きな運命のようなものを聞かされることになると思っているからである。

「分かったわ。私、一緒に行く。大丈夫よ、安心して」

佳恵は、紗愛を守るかのような顔でそう答えた。

日曜日の一一時に、弥生は浦和の公園に着いた。公園の奥の方では、子供たち数人がボールを蹴って遊んでいて、賑やかな声が辺りに響いていた。日曜日の公園はいつもこうなのだろうと思いながら、弥生は紗愛の姿を探した。

すると、この前と同じベンチに紗愛が座っているのが見えた。

「お待たせー」と言って、弥生は紗愛に近づいていった。紗愛は弥生を見るなり、

「コンニチハ」と言って、立ち上がり挨拶した。そして、

「こちらは、佳恵ちゃんといって、私の大事な友達です」と、隣の女の子を紹介したのである。

佳恵は、身なりのいい格好をしていた。見るからに良家のお嬢様という感じがする。すると、佳恵も立ち上がり、

「中村佳恵と申します。よろしくお願いします」

と言って一礼したのである。まるで大人のような振る舞いだった。弥生も慌てて、

「あっ、北条弥生といいます。よろしくね」と応えた。

紗愛は、待ちきれないように、肩に掛けていた小さなバッグの中から白いハンカチで包まれた物を取り出し、「これです。カメオと言います」と言って弥生に見せたのだった。

弥生は早速それを手に取り、ジッと見つめた。

「ほう、これですか……。とっても綺麗ね」

そして裏返した。

「これは、大理石のようね。それと……この枠は金ね。凝った装飾……。それに……、この枠は何か、不思議な形をしているわね。何か意味があるかもしれないわね……。これをお母さんから?」

紗愛は、お母さんのこと、お父さんのこと、自分がハーフであること、そして、今は

祖父と暮らしていることを弥生に語った。

その話を聞いて弥生は複雑な気持ちになった。紗愛に両親がいないことをこの時初めて知ったのである。とても辛いであろう身の上話を軽い口調で話す紗愛に弥生は驚いたが、本人はもうあまり気にしていないのだろうか。でも、そんなはずはない。ずっと辛い思いをしているはずである。深い悲しみを、紗愛は心の中に閉じ込めているに違いない。そう思いながら、弥生は改めて紗愛の顔を見た。紗愛の顔はまだあどけない一〇歳の顔だった。

弥生は、このブローチの裏に「劉《りゅう》」の文字が彫られていないかと確認したが、それはなかった。また、このブローチの枠の形は、恐らく何かと合体して、何らかの形を成すものではないかと推測した。その理由は、この枠の形が単純ではないからだ。カメオ本体は楕円形だが、カメオを包む金でできたこの枠は、単純な楕円形ではなく、少しいびつな形をしているのである。単体でももちろんブローチとして使えるが、他の物と合体すると、また別の何か意味のある物になるのかもしれない。恐らくもう一つ、別のカメオのブローチがあるのだろう。

弥生がこのブローチを手にした時、ある映像が弥生の脳裏を過っていた。そこは、どこか分からないが緑が多い山の中のようだった。そして、その中で何かが輝いていた。

果たして、これは一体何なのか。不思議な感覚だった。このカメオが発する不思議な何かを弥生は感じ取ったのである。


「私のはね……、これよ」

弥生は持ってきたバッグの中から象牙の球を取り出し、それを紗愛に手渡した。

「わー、綺麗な球ですね。中に小さな彫り物がたくさんあるわ」

紗愛はそう言って、今度は佳恵にそれを渡した。佳恵も、

「ほんと、綺麗ですね」と言った。そして、

「上の方にも何かありますね。これは星なのかな?」と続けたのである。紗愛は、

「えっ、ホント? 私にも見せて」と言い、佳恵からまた球を受け取ったのだった。そして紗愛も、

「あっ、ホントだ。これは星だよ、きっと」と続けたのである。

弥生もそれに驚き、「えっ、ホント?」と言い、今度は弥生が紗愛から受け取り、改めて球の中を覗いたのだった。弥生は、今の今まで全くそれに気づいていなかった。

球の中には、中国風の人の形をした彫り物が五体あり、その上の方に確かに五角形の小さな星型のものがあった。それは、天地を逆にすると見やすいのだが、普通に見ると

気が付かない場所にあった。弥生は、

「知らなかったわ……」

と呟いた。この星に、何か意味があるのだろうか。

するると、今度は紗愛が言い出した。

「ねえ、お姉さん、このカメオの女の人。このイヤリング……、星型に見えないですか？」

「えっ」と、まず佳恵が反応した。そして、

「見せて、見せて」と言いながら、カメオを覗き込んできた。

「あっ、ホントだ。これはきっとお星様のイヤリングだよ」

次に弥生も覗き込み、「確かに、これは星のようね」と言った。

これは偶然なのか。弥生の持っている象牙の球にも星があった。この星の形に何か意味があるのだろうか。弥生はこの星にすごく興味が湧いてきた。さっき、カメオを手にした時に見えた光るものは星だったのか。


「私の球はね、中国で作られたものでね、この台座に『劉』の文字があるの。これが私の超能力の秘密」

弥生は、そう言って今度は球の台座を手のひらに載せて見せた。二人は台座に顔を寄

せ、

「へえー」と、同時に呟いた。

「で、どうしてですか？」と紗愛が聞いた。

「実は、私と心の中で会話ができる人が三人いてね、その人たちがみんなこの『劉』の文字が書かれた彫り物を持っていたからよ。この『劉』の文字は作者名なんだけど、その人が作った彫り物が、持ち主の能力を引き出したみたいなのよね。その人の作品と、持ち主の相性というか、そんなのが関係していると思うんだなあ。だから、このカメオも紗愛ちゃんと相性がいいのかもしれないね」

「相性ですか……」

「私は、このカメオには、やっぱり何か不思議な力があると感じるの。紗愛ちゃんの不思議な力はこれが原因かもしれないわね。これで紗愛ちゃんの頭の中にある何かのスイッチが入ったんだと思うのよね。私的《わたしてき》にはね」

弥生はそう言ったが、ただそう感じるだけである。でも、それを聞いた紗愛は、「やっぱり」と、納得したようだった。

弥生は、

「紗愛ちゃんは、この前言っていたけど、紗愛ちゃんの頭の中で矢印が見えるんだよね？」

と聞いた。

「ハッキリと矢印の形をしているわけではないけど……、こっちって、方角を示すような感じがするんです。おじいちゃんの車にあるナビゲーションのようなものかな……。それが頭に浮かんでくる感じ。不思議と思わない？」

「ナビゲーションねえ……」と弥生が呟いた。実に不思議な現象である。

「困った時にね、『どっちかな』って考えるとね、どっちに行けばいいかが分かるのよ。ふふふ、便利でしょ」

そう言う紗愛の顔はまだあどけなく、自分の力を喜んでいるように見える。

紗愛の場合は、「どっちかな」と考えた時に、その力が発揮されるようだが、弥生の場合はそうではない。感受性が高まっている時とそうでない時があるのだ。聞きたくない時に聞こえたり、聞きたい時に聞こえなかったりするのである。紗愛の場合は、自分の力を自分でコントロールできるのだろうか。

「そうだ。紗愛ちゃん、ちょっと試してもいい？　今、ここに五百円玉があるんだけど、これを私の手の中に隠すから、右か左か、どっちの手の中に五百円玉があるか当ててみてね」

弥生は、紗愛の力を試してみたくなったのだ。もし特別な力があるのなら、当てられるかなと思いついたのである。

弥生は、ベンチから五メートルくらい離れ、紗愛に見えないように後ろ手で五百円玉を片方の手で握り、両腕を左右に広げた。

「さあて、どっちでしょう?」

紗愛は、しばらく意識を集中するように目を閉じた。そして、

「右」と言った。

「ピンポーン、はい、正解」

弥生はそれを三回繰り返し、全て正解だった。そして四回目の時だった。

「変だなあ……。右も左も違うみたいだよ……。たぶん、お姉さんのズボンの後ろポケットの中でしょ」

「わお、正解。ははは。分かったんだ……。すごいね」

弥生は、これで紗愛の超能力を確認できたと思った。佳恵も「えっ、マジ? 紗愛ちゃん、すごーい」と言って、手を叩いた。

紗愛は佳恵の目を覗くようにして、

「でも佳恵ちゃん、このことはみんなには絶対に内緒よ。私と弥生お姉さんと佳恵ちゃ

んだけの秘密だからね。絶対よ」

と改めて念押ししたのである。

この時佳恵は、

「分かっているって」と返事をし、口を固く結び、ガッツポーズを決めて見せたのだった。


恐らくカメオのブローチが紗愛の不思議な力の引き金になったのだろう。幼い頃に母親と別れ、母を求めて頭の中で母の居場所を必死に探し回ったせいなのかもしれない。それで、探す力がだんだんと紗愛の頭の中で磨かれていったのだろう。弥生はそう推理した。


しかし、「なぜ、カメオが」である。カメオには「劉」の文字はなかった。

今度は、そのカメオがどこで、どのように作られたのか、また、紗愛の母親がそれをどこで手に入れたのか、弥生はそのへんが気になってきた。しかも、もう一つ別のカメオのブローチがあるのかもしれないのだ。カメオのブローチが持つ秘密に弥生はすごく興味を持った。

二　事件

あれから一カ月ほど経ち、桜の花が満開になった頃である。佳恵は学校から帰り、二階の部屋で宿題をやり終えたところだった。すると、一階にお客さんが何人か次々と入って来て、ザワザワと騒がしくなった。

（何？）と、佳恵は気になり、二階の階段の上から下の様子を窺った。

すると、男の人が数人玄関を出入りし、何かの機材を家の中に入れているのが見えた。

佳恵は、何か新しい家具か家電でも買ったのだろうかと思った。それで、一階にゆっくりと下り、居間の方をドアのガラス越しに覗いてみた。

中では忙しそうに何人かが作業をし、父と母はうなだれるように、ソファーに座っているのが見えた。

佳恵はそれを変に思い、居間のドアを開けてソファーに近寄っていった。佳恵は、

「どうしたの？　何か買ったの？」

と母に聞いてみた。

「何でもないの。ちょっと二階に行っていてちょうだい。後で説明するから」

母はそう言って、佳恵の体を手で押し戻すようにしたのである。

母の表情は強張り、不安げに見えた。父を見ると、どこか一点を見つめたまま何かを考えているようだった。二人の表情から、佳恵にも得体の知れない不安と緊張感が伝わってくる。トイプードルの小五郎はどこかに隠れているのだろうか。佳恵が居間に入っていっても出て来なかった。いつもは尻尾を振って出て来るのだが。

佳恵の父は、川口駅前に建築関係の会社を持っていて、そこの社長をしている。父が家に帰って来る時間はマチマチで、早かったり、遅かったり、帰って来ない日もあった。だから、家にいる父の姿を見て、（今日は早いんだ）と佳恵は単純に思った。


佳恵は、仕方なく二階の自分の部屋に戻った。隣の部屋にいるはずの弟の祐樹は、まだ学校から帰っていないようだ。祐樹は、四月で二年生になり、佳恵は五年生になった。学校に行く時は一緒に家を出るが、帰りは別々に帰って来る。帰る時間帯が違うし、それぞれにいつも何人かの友達と一緒に帰って来るのが常だからである。祐樹が帰って来ると、いつもやかましいのですぐに分かるが、今日はまだ帰って来ていないようで静かだった。

五時半頃になり、さすがに佳恵も心配になってきた。下ではまだお客さんがいるようだし、祐樹も帰って来ていない。もう外は暗くなりかけている。祐樹は、いつもはどんなに遅くても大体五時には帰って来ていた。帰ってくればやかましく、うっとうしく思う弟だが、いないとなると寂しくもある。

六時を過ぎたので、佳恵は一階に下りていった。もうじき晩ご飯の時間である。途中まで下りると、ちょうど、客が帰るところだった。

「では、何かありましたらすぐにご連絡ください」と言って、客は玄関を出ていった。

佳恵は、

「何かあったの？」

と階段の上から母に聞いた。母はそれには答えず、憔悴した表情のまま居間に戻っていった。そして、ソファーに座った途端、顔を両手で覆い、堰を切ったように泣き出したのである。最初は声を押し殺していたが、次第にその声は大きくなっていった。父はソファーに座ったまま、首をうなだれていた。佳恵は心配になり、半分泣き声になって聞いてみた。

「お母さん、どうしたの？　ねえ、どうしたのよ？　何かあったの？」

佳恵の声も大きくなった。そして、母の腕を掴み強く揺すった。

母は黙ったままだった。しばくして、母は深呼吸をし、やっと佳恵の方に向き直った。

そして、佳恵の顔をジッと見つめたのだった。母の目は腫れ、マスカラが流れていた。

「いい、佳恵、よく聞いてね。実はね、祐樹がさらわれたみたいなの。誘拐されたのよ……」

そう言うと、母はまた泣き崩れた。佳恵は呆気に取られながら母を見ていた。しばくして、

「ポストに……、手紙があってね」

母の顔がまた歪んできた。そして、佳恵にその手紙を見せたのである。それはA4用紙にコピーされたものだった。

佳恵は、急いでその手紙を開くとそこには、「子供は預かった。一〇〇〇万円用意しろ。警察には言うな」とあった。新聞の見出しを貼り付けたと思われる大きな文字が並べられていた。テレビで見たことのあるものだ。

佳恵は、驚いて声が出なかった。

(ええ……まさか)

これがリアルだとはすぐには思えなかった。いたずらであってほしいが……。そして、あの人たちは警察の人だと瞬時に思った。佳恵の脳裏に浮かんだのは、あの悪戯っぽい顔をした弟の顔だった。いつも、ちょっかいを出しては佳恵に頭を叩かれていた。「ユ

ウキ、止めてよね」というと、すぐ「べー」と返して逃げる祐樹の顔である。

「警察には言うな」とあったが、両親はそれに従わなかったようだ。佳恵には、その仕返しのことが脳裏を過った。すると、小五郎が尻尾を振りながら佳恵のところに寄ってきた。客がいなくなって安心したのだろうか。いつものように舌を出し、佳恵の顔を見て喜んでいるようだ。佳恵は小五郎を抱いて優しく撫でた。

しばらくの沈黙の後、「佳恵、ご飯用意するわね。ああ、今日は出前にしようかね……」という母の声は小さく、それどころではないように聞こえる。不安を押し殺し、必死に自分を取り戻そうとしているようである。

(どうしよう?)という焦りが佳恵にもあった。父は、ただ黙ったまま何かを考えているようである。今、この部屋には父母と小五郎と佳恵しかいない。祐樹がいないのはやはり寂しい。佳恵には、食事のことなど、まるで頭に入らなかった。

八時を回った頃だった。突然、家の電話が鳴った。その瞬間、三人の緊張が走った。父は、母の顔を一度見てから覚悟を決めたようにゆっくりと壁際に向かっていき、受話器を取った。

「…………、ハイ、分かりました」

そう言って父は受話器を置いた。短い会話だった。

父は、諦めたような顔をし、絞るような声で母に言った。

「明日の朝五時までに、大宮C公園の東側のトイレの前に金を置いて帰れ、とさ……。昼までには子供を解放すると言っていた」

母は黙ったまま、諦めたような顔になっていた。金さえ出せば祐樹は戻って来るとの期待もあるように見える。

父はすぐ警察に連絡した。そして「よろしくお願いします」と言って頭を下げた。

父の話によると、警察もこの内容を既に知っていたとのこと。そして、「指示通り行ってください」とのことだった。その言葉に、三人は警察が何とかしてくれると思った。絶対に祐樹を取り戻すものと信じた。

そして、九時頃だった。また電話が鳴った。父が電話を取った。しかしそれは、「警察に言ったな」という短い内容だった。そして、一方的に電話は切れた。父は「クソッ」と吐き捨てるように言い、怒りと悔しさを滲ませて頭を抱えた。つまり、取り引きは終わりということなのだろう。この電話で、母の心は壊れた。

「ああ……、ユウキ……」

そう言って母は泣き崩れた。そして、九時半頃に警察がやってきた。

警察は玄関に入るなり、

「落ち着いてください。諦めないで、まだ望みはありますから」「落ち着いてください」

と、同じ言葉を繰り返していた。佳恵は、見ていられなくなり二階に上がった。お腹は空いていなかった。ベッドの上で「ユウキ……」と言って泣くしかなかった。

三〇分くらい泣いたところで、佳恵はふと思いついた。（紗愛ちゃんだ）と。

（紗愛ちゃんならユウキの居場所を探してくれる）と閃《ひらめ》いたのである。そして、急いで一階に下り、母の所に行った。そして、佳恵は母の腕を掴みながら小さい声で言った。

「お母さん、ねえ、お母さん、話があるの。二階に来て。早く」

母の脇には警察の人が心配そうに立っていた。

「何よ、こんな時に。今、それどころじゃないの。分かるでしょう。後にして」

そう言う母の顔は鬼のようだった。泣いたせいもある。母の顔は化粧が崩れ、マスカラは黒く跡を残し流れ出したままだった。

今度は、佳恵が大きな声で言った。

「今じゃなきゃダメなの。お願い。早く来て」

佳恵は切羽詰まったような顔で母の腕を強く引っ張った。どうしても話したいことがあるということだけは伝わったに違いない。母は「フウ……」と、一度大きなため息をつき、「何なのよ……」と言いながら、仕方なく佳恵に従って二階に上がっていった。

「ねえ、お母さん、よく聞いてね。これは、嘘じゃないから、ホントのことだから」

佳恵は、母をベッドに座らせ、母の顔を真剣な眼差しで見つめたまま、紗愛のことをゆっくりとかみ砕いて話した。紗愛の持つ「超能力」のことを。遠足のこと、かくれんぼのことを。

しかし母は、

「佳恵、そんな馬鹿なこと……、あるわけないでしょ」と、呆れ顔できっぱりと言った。

でも、佳恵は怯まなかった。祐樹の命がかかっているのだ。

「嘘じゃないって。こんな時に嘘を言うわけないでしょ」

その声は本人もビックリするくらいの大きな声だった。その剣幕に母の顔は怯んだように見えた。

「だから……、これから私、紗愛ちゃんの家に行って来る。祐樹を探してくれと頼んでくる。だから、お母さんは待っていて。何か分かったら、電話するから、いい?」

佳恵の口調はまるで母親のようだった。母をなだめ、言いくるめる子供は今時珍しい。

佳恵はまだ五年生になったばかりの一〇歳なのだ。

母は、ダメもとと思ったのか、一縷《る》の望みを佳恵に託したようだ。

佳恵は、まず紗愛に電話した。今、クラスの大半の子はスマホを持っている。

「紗愛ちゃん、ゴメンね、遅くに。実はお願いがあって、今から紗愛ちゃん家に行っていい？」

「えっ、どうしたの？」

「大事なことなの。お願い。助けて」

佳恵の切羽詰まった声に紗愛は驚いた。こんな佳恵は初めてである。

「ウン、分かった。気をつけて来てよ。待っているから……」

佳恵は、母に「じゃあ、行って来る。待っていてね」と言って勝手口から家を出た。外はもうすっかり夜になっていて、星も月明りもなく、街灯が辺りを薄暗く照らしているだけだった。紗愛の家は佳恵の家から歩いて一分、走れば二〇秒の距離で、その距離を佳恵は必死に走った。

佳恵は、紗愛の家の玄関に入るなり、二階へ駆け上がり紗愛の部屋に飛び込んだ。挨拶どころではない。

「大変なの。紗愛ちゃん大変なの」

佳恵の息は切れ切れだった。

「落ち着いて。どうしたのよ。何があったの？」

紗愛の方は落ち着いていた。そして、再度言った。

「いい、落ち着いて、ゆっくり話すのよ。で、何があったの？」

佳恵は、今日の出来事を順番に急いで話した。

「誘拐？」

今度は紗愛が慌てだした。

「で、警察はなんて？」

「どうしようもないのよ。犯人からは、それっきり電話はないし。殺されるかもしれないし……、今、ユウキは泣いているかも……、だからお願い」

今度は佳恵が泣きそうになった。紗愛もどうしていいか分からなくなってきた。

「だから、ユウキの居場所を探してほしいの。紗愛ちゃんならできるでしょう。ねえ、お願い」

佳恵は紗愛に詰め寄り、紗愛の手を握って頭を下げた。

紗愛にも佳恵の藁《わら》をも掴む思いが伝わってくる。紗愛は、祐樹を探し出す自信はなかったが、

「分かったわ。やってみる」

と言った。そして深呼吸をし、目を閉じたのだった。時計は一〇時を回っていた。


一〇時頃、弥生はベッドの上にいた。夕食をとり、お風呂に入り、ベッドに横になりながら今日の仕事を振り返っていた。

弥生の今日の仕事は、交通事故の処理と、夫のＤＶ（家庭内暴力）から逃げている若い母とその子供の保護だった。

交通事故の方は、先方の保険会社との折り合いがなかなかつかなかったが、過失割合について五対五で決着を見るかもしれないところまで来ていた。あとは、依頼人がそれで納得するかどうかである。依頼人は自分に落ち度はないと固く信じているのを弥生は知っている。

依頼人の保険は、対人対物補償は無制限だが、自車の車両保険を掛けていなかった。だから、五対五だと自車の修理代が賄えない可能性がある。ただ、弁護士特約に入っていたので、弁護士費用が掛からない分、万一の時は裁判で争ってもいいとの思いもあるようで、「自分の方が青だった」と確信している以上、これは長引きそうだと弥生は思っている。面倒な事案である。

　一方、ＤＶの方は、母親二五歳とその子供二歳が被害者である。母親へのＤＶは子供が生まれてしばらく経った頃から常態化し、子供への虐待も疑われていた。

「怖くて、口答えなんかとてもできません。言えば、殴られたり、蹴られたり、常軌を逸しています。普段は、おとなしい人なんですが、何かの弾みでそうなるんです。私が悪いのかもしれませんが、でも、今度は子供にまで手を上げるようになって……、もう、これは普通じゃないと思いました。だから……、逃げて来ました。助けてください。お願いします」

　母親はそう言っていた。

　役所から連絡が来て、緊急のことなので警察も入り、二人を保護するため民間が運営するシェルターに入れることになった。しかし、夕方になって夫がそれを察知し、弥生に詰め寄ってきた。

「お前は一体、何様《なにさま》なんだ？」

　男は無精髭の顎を突き出しながら、目の前で対峙する小柄な弥生に向かって悪態をついた。

「私は弁護士です」

弥生は毅然とした面持ちで言った。

「お前には関係ないだろうが……。俺の家族だぞ。お前に何の権利があるんだよ」

「あなたのパートナーとお子さんを守るのが私の仕事ですので」

「一体、俺が何をしたって言うんだ、ああ?」

男は口から唾を飛ばしながら、弥生を睨みつけた。

「あなたのパートナーの体に多数のアザがありました。お子さんの背中にもアザが見られました。日常的にあなたから暴力を受けていたものと思われます」

「そんなことはない……。あれは、自転車に乗っていて転んだ時にできたものだ。俺はそう聞いている。だから、あれは俺のせいじゃない」

「ご近所から多数の証言もあります。あなたの怒鳴り声と、あなたのパートナーとお子さんの叫び声がたびたび聞かれています。それについてはどう思われますか?」

「それは、単なる夫婦喧嘩だよ。どこでも、夫婦喧嘩ぐらいはあるだろう」

「それが日常的にあり、体に多数のアザがあり、ご近所さんからの証言もありますので、私どもはあなたのパートナーとお子さんの人命と人権を守ることとしました。また追って、あなたの傷害罪についても立件されることになるでしょう」

「ああ、何だって? 俺は何もやってないし、俺のせいではないと言っているだろうが」

夫は一層目を吊り上げ、怒りをテーブルにぶつけるように、両手でバンと思いっきり叩いた。しかし、弥生は怯まず、毅然と対峙した。

そのやり取りを思い出し、弥生は「フウッ」と深いため息をついた。

身勝手で子供じみた我がまま、威圧的で暴力的な振る舞いにウンザリするが、男のパートナーとその子供を守るのが弥生の仕事である。男からの脅しに何とか耐えてはいるが、これがまだ続くかと思うとさすがに嫌になる。しかし、ここは我慢だ。

経済力や腕力で女性を支配しようとする男の人や、それを醸成している風習というか、そんな社会が弥生は嫌だった。これは明らかに間違っている。女性に対するセクハラもパワハラも、女性を何だと思っているのか。だから、弥生はそれと戦わなければならないと思っている。

弥生が、この先、この件をどうしたものかと考えていたその時だった。紗愛から連絡が来た。

「お姉さん、大変なの。助けて」

紗愛の切羽詰まった声がスマホを通して聞こえてきた。弥生も、その声にただごとではないと感じた。

「えっ、どうしたの？」

「実は……、佳恵ちゃんの弟のユウキ君が誘拐されたんです」

その言葉に衝撃が走った。

「えっ、誘拐？」

紗愛は、佳恵から聞いたことを弥生に伝えた。そして今、紗愛の所に佳恵が助けを求めに来ていることも伝えた。そしてまた、紗愛が祐樹の居場所を探していることも。

「それで、紗愛ちゃん、分かったの？　居場所……」

「うん、たぶんここだと思う。大宮駅の近くにC公園があるんだけど、そこに行く通りに商店街があって、その端にあるビルの中。そこにいると感じるの。ねえ、どうしたらいい？」

紗愛は、弥生に行ってほしいと思っているに違いない。

「ん……、大宮駅はここからは近いけど……。どうしようか……。でも……、私が行くしかないよね……。これは、行って調べるしかないでしょ」

この時、弥生の正義感が恐怖心に勝っていた。そして、紗愛の見えたものは、恐らく正しいはずだとの思いもあった。しかし、どうするか。警察に言えることではない。「超能力」なんて信じてもらえないことは明白である。だから、自分たちで何とかするしかないと弥生は思った。

それで弥生は考えた。自分の車に紗愛を乗せて、祐樹が捉えられているビルに行き、様子を見て来ようかと。もし、運よくそのビルが分かったら、何気なくビルの中を覗いて、また、運よく部屋に辿り着けたら、部屋の様子を窺おうかと。

しかし、自分だけならまだいいが、紗愛を連れて危ない所に行くわけにはいかないだろう。だから、様子を見に行くのは、自分だけだと思った。凶悪犯がいるかもしれないからだ。しかし、今はもう一一時を回っている。どうしようか。

「紗愛ちゃん、お姉さんが今から車でそのビルに行って、様子を見て来ようと思うけど……、紗愛ちゃんは、家から出られないでしょ。この時間だとね……。どうしようかな……。紗愛ちゃんがいないと場所は分からないしね……」

少し間が空いた。紗愛は、佳恵と相談しているようだ。

「紗愛も行く。紗愛がいないと分からないでしょ。だから、一緒に行く」

「でも、どうやって家を出るのよ？　おじいちゃんに何て言うの？」

「今から、佳恵ちゃんの家にお泊まりに行くって言うわ。明日は土曜日だし」

確かに、明日は土曜日で学校は休みで、弥生の仕事も休みである。弥生には、紗愛の方が冷静に思えてきた。

「分かったわ。じゃあ、お姉さんがこの前の公園に車で迎えに行くから、そこで紗愛ちゃんたちを拾うわね。今から……二〇分後。いい？」

「分かった。一一時三五分ね。お願いします」

紗愛は冷静だった。受け答えの内容は、とても小学五年生とは思えなかった。そんな紗愛に、（今時の小学生は……）と、弥生は単純に感心した。


夜の道は空いていて、弥生はちょうど一一時三五分に浦和の児童公園に到着した。

紗愛と佳恵が急いで車に乗り込んできた。佳恵は、

「スミマセン。ご迷惑をお掛けして」

と謝っていたが、その大人っぽい言葉に弥生はまた驚いた。

「いいえ、大丈夫よ。気にしないでね。では、大宮C公園に向けて出発よ」

この時の弥生はやる気満々だった。


二〇分くらいで、商店街の通りに来た。ちょうど一二時だった。辺りにはもう人影はなく、酔っ払いがたまに通るだけである。シャッターで閉じられた商店街は街灯で照らされ、通りは意外に明るかった。弥生は、車を目的のビルの一〇メートルくらい先に停

めた。

「あのビルの四階ね。じゃあ、様子を見に行ってくるわね。何かあれば紗愛ちゃんに連絡するから。もし、二〇分くらい経っても連絡がない場合は、警察に連絡して。いいわね。車の鍵を掛けておくから、二人は絶対にこの車から出ちゃダメよ。分かった？」

二人は、緊張した声で「はい」と答えた。

弥生は、深呼吸を二回してから車を出、急いでドアをロックした。すると、中の二人は車のシートに隠れるように頭を沈めた。

四月半ばの夜の空気は冷え、身震いするような冷たい風が弥生の頬をサッと撫でた。この時、弥生の心臓は既にバクバクだった。体育は得意だが、最近は運動不足であることを弥生は自覚している。だから、何かあって走ることになったら、どこまで逃げ切れるか心配だった。そんなことを考えながら、ゆっくりと、辺りを警戒しながらビルの入り口に向かっていった。

弥生はベージュのスプリングコートを着て、紺のジャージに白い運動靴だった。イザとなったら襟で顔を隠せるし、逃げるには動きやすい格好の方がいいと思ってのことである。しかし、傍《はた》から見れば十分に怪しい格好だ。

弥生は周りを警戒しながら、ゆっくりとした足取りでビルの入り口に近づいていった。

そして一呼吸置き、これから盗みにでも入るかのようにビルの入り口にへばり付いた。ビルの入り口は意外に広かった。このビルはこざっぱりし、生活空間というよりはオフィス用と思われる造りで、一つ一つの部屋は意外に広そうである。一階の奥の方には、小さいながらもエレベーターの乗り口が見えた。そこにも生活感のようなものをあまり感じなかった。

弥生は、ふと郵便受けに目が留まり、郵便受けから部屋を探してみた。四階の部屋は三つあるようだ。四〇一、四〇二、四〇三と。その郵便受けには折り込みチラシが乱雑に入れられてあり、四階には今は誰も入居していないように思えた。

「紗愛ちゃん、四階には部屋が三つあるんだけど、どの部屋かな?」と弥生は聞いた。

するとすぐに紗愛から返事が来た。

「たぶん、真ん中の部屋」

弥生は、それを聞いて四〇二と思った。

ビルの階段は狭く、大人二人分くらいの幅である。そこはあまり掃除がされていないようで、天井には蜘蛛の巣のようなものがやたらと目に付いた。

弥生は、恐る恐る階段を上っていった。足音を立てないようにゆっくりと。胸の鼓動はだんだんと高鳴り、今にも口から心臓が飛び出しそうだった。そしてやっと四階に着いた。

弥生は、階段の端の方から顔を出し、そっと廊下を見渡した。廊下の天井にはライトが点き、意外に明るかった。そして、辺りは静かだった。

「音がしないよ」と、弥生は紗愛に伝えた。

「本当にユウキ君、いるのかな……、帰ろうかな……」

できれば帰りたかった。弥生はこの時、完全にビビっていたのである。

「たぶん、いると思う」

間髪を容れずに紗愛から返事が来た。弥生は紗愛からの返事で、もうこれは行くしかないと覚悟を決めたのだった。


そこで、弥生は考えた。ワザと音を出すことを。間違ってこのビルに迷い込んだOLを装うことを思いついたのだ。酔った振りをして。要は捨て身の作戦だった。何かあれば紗愛に伝えて、警察に連絡すればよいのだ。

弥生は意を決した。「ウイッ、酔払ったな」と自分に言い聞かせた。そして、歌った。

「ジングルベール、ジングルベール、鈴が鳴る」

今は桜の季節だが、これしか思い浮かばなかった。そして、反応を窺った。

しばらくすると、ドアがドンドンと鳴った。弥生は、「ウルサイ」と怒られたのかと思った。しかし、臆することなくまた歌った。

「ジングルベール、ジングルベール、鈴が鳴る」

フレーズはここまでだった。その先は、緊張からか思い出せなかった。すると、またドンドンとドアを叩く音がした。

弥生は鼻で歌いながら、音がしたドアの方に近寄り、耳を近づけた。そこは四〇二号室。すると、またドンドンと音がし、弥生はその音でビクッとし、のけ反り、その反動で尻餅をついた。

でも、変である。怒るなら「ウルサイ」とか言うはずだが、それがなかった。

弥生は、今度はそのドアに向かって、「コンコン」とノックしてみた。酔った勢いを演じるつもりだった。

「スミマセーン……、ここはどこでしょうか？　ウイっ、誰かいますか？」

普通なら怒って顔を出すはずである。（さあー来い）と弥生は身構え、すぐにパッと逃げられるようにと片方のつま先だけは階段側に向けた。

すると、「ここを開けてください」と小さな声がした。確かに聞こえた。小さな男の子の声だ。

弥生は思わず、「ユウキ君？　もしかしてユウキ君かな？」と聞いた。すると、

「はい、ユウキです。ここを開けて」

今度はしっかりした声が聞こえてきた。弥生は急いでドアノブを回してみた。しかし、ドアは開かない。鍵だ。弥生はすぐに紗愛に連絡した。

「ユウキ君、発見。警察に連絡して」


警察は二〇分くらいで着き、二台のパトカーの赤色灯が商店街をクルクルと赤く照らした。警察官を出迎えたのは弥生である。その脇には、紗愛と佳恵がしっかりとへばり付いていた。周辺には数人のヤジ馬の姿があった。

「あのビルの四〇二号室です」と、弥生は警察官に伝えた。

制服警官と私服警官の四人がビルの中に入っていき、その一〇分後に、さっき入っていった一人が男の子を伴ってビルの入り口から出てきた。それは祐樹だった。祐樹は意外にも元気そうに見えた。

佳恵は、「ユウキ」と叫び、祐樹は「あっ、姉ちゃん」と叫んで飛んできた。そして、佳恵に抱きついた。

警察官の問いに、紗愛が答えた。

「ここで、男の子の声が聞こえたので、行ってみたら、ユウキ君でした。それで連絡しました」

弥生は、

「私は弁護士です。佳恵ちゃんの知り合いです」と言った。

しかし、どこまで信じてもらえるか心配だった。警察官の目は、明らかに弥生の目の奥を探るようだった。完全に疑っていることは明らかである。やはり、第一発見者が怪しいと思うのだろうか。しかし、「超能力」とはとても言えなかった。

とりあえず、弥生は自分の車で祐樹を家に送ることを警察官に申し出た。その結果、弥生の車はパトカーの後ろに付いていくことになった。とにかく、祐樹が無事で良かった。

車の中で祐樹は、

「オレ、全然、怖くなかったよ」と軽く言っていたが、果たしてどうだろうか。

祐樹の話は、次のようだった。

まず、学校からの帰り道で祐樹の脇に白い車が停まったとのこと。その時は友達三人と一緒だった。若い男の人が車から降りて来て、「お父さんの会社の者だ」と名乗ったという。そして、「今から、お父さんの会社に行くことになったから、車に乗って」と言われたらしい。祐樹は、その男の人がお父さんの会社の作業着を着ていたので、その話を信じてそれに従ったという。

佳恵は、「知らない人の車に乗っちゃダメって言われていたでしょ」と叱ったが、「だって、あの服はお父さんの会社の服だよ、しょうがないじゃん」と祐樹は反論した。

祐樹が車に乗ると、そのままあのビルに行き、中に入っていったらしい。

「ここで待っててようね。すぐにお父さんが来るはずだから」と言われ、ソファーに座って待つことになったとのこと。その部屋には、女の人もいて、お菓子と飲み物を持ってきたらしい。

「それを食べたの？　呆れた」と佳恵はまた口を挟んだ。

「だって、お腹空いていたし、ケーキもあったし。旨そうだったからさ」と、また祐樹は反論した。

「ゲームしながら待っていようね」と言われ、祐樹はテレビゲームをずっとしていたらしい。

「スーパーマリオだよ。めっちゃ面白かった」

「で、顔は見たの？」

「二人ともマスクをしていた。花粉症だって」

「お腹は空いてないの？」

「晩ご飯はカレーだった。それにアイスも出てきた。旨かったよ」

「変だと思わなかったの？」

「全然」

祐樹の言葉には力が籠《こも》っていた。やはり、誘拐だとは全く思っていなかったようだ。

「ゲームやっていたし……。家ではあまりやらせてもらえないから、これはチャンスだと思ってさ。でも、暗くなって、二人が部屋から出て行って……、ゲームやっていたら目が疲れて、眠くなってきて、それでチョットだけおかしいかなと思った。でも、怖くなかったよ。面白かったたし」

「バッカじゃない？　マッタク鈍感なんだから……」という佳恵は、完全に呆れていた。

犯人は、お菓子に飲み物、それに弁当まで用意していたことになる。慣れた手口なのか、それとも素人なのか。祐樹の説明からは、弥生には決して凶悪犯には思えなかった。

「紗愛ちゃんは、どうして居場所が分かったの？」

弥生は運転しながら聞いてみた。紗愛の説明は次のようだった。

紗愛は、あの時「ユウキ君はどこかな?」と意識を集中したという。頭の中を真空にするように、他の雑念を全て追い払ったとのこと。すると、一〇分くらい経ってから、紗愛の頭の前頭葉というか、頭の前部分、オデコの真裏あたりが熱くなるのが分かったという。しばらくすると、以前と同じように頭の中に矢印のようなものが現れ、方角を示すような感覚があったらしい。

最初はただ方角を示していたが、今度はそれが上の方に上がっていき、まるで上から下界を見下ろすように、街の全体像が微かに見えてきたとのこと。方角はそのままで、それがだんだんと下に降りていき、ちょうど、あの商店街の上に来た所で止まったという。

すると今度は、商店街の端にあるビルが見えてきて、祐樹君は四階辺りだと感じ、矢印のようなものが紗愛を誘導するようだったと言った。

紗愛の頭の中にまるでナビゲーションシステムが組み込まれているようである。遠足の時も同じような感覚だったらしい。ただ、あの時は距離が近かったせいか、時間はそれほどかからず、かくれんぼの時はもっと早かったとのこと。だから、距離と時間は関係があるのかもしれないと紗愛は言っていた。

しかし、不思議である。車のナビゲーションの場合は車と人工衛生が通信し、車の位置情報と目的地の住所・地図情報とをマッチングして行くべき方向を指し示すものだけれど、紗愛の場合はどうなのか。まさか、どこかと通信しているとは思えない。もしかして、自身の意識が上空に飛んでいくのだろうか。そして、目的のものを探すのだろうか。

佳恵の家の前に着くと、母親が車から降りてきた二人の姿を確認し、泣きそうな顔で祐樹に近づいてきた。そして、思い切り祐樹の体をギュッと抱きしめ、次に佳恵を抱きしめたのだった。

さぞかし心配していたのだろう。母親のホッとしたような泣き顔が印象的だった。母親は、紗愛と弥生に向かって、

「ありがとうございました。ありがとうございました」と繰り返し礼を言い、深々と頭を下げていた。

弥生の腕時計は既に一時半を回っていたので、

「では、私はこれで失礼いたします」

と挨拶し、手を振って中村家を後にした。

弥生は、警察官の疑い深そうな眼を思い浮かべ、これから警察の捜査が始まるなと考

えながら自宅に向かったのだった。

紗愛はその日、佳恵の家に泊まり、佳恵からも佳恵の母親からも感謝されまくったらしい。紗愛は、「いやあ、それほどでも……」と、照れながらそれに応えたという。

これで紗愛の「超能力」が実証されたことになり、佳恵の母親は、祐樹が助かったことの喜びと同レベルで紗愛の力に感心したようである。佳恵は、

「だから、私言ったでしょ」

と、ドヤ顔だったと紗愛が言っていた。まるで、自分の力であるかのような顔である。それを見て、佳恵の母も紗愛も笑っていたが、当の祐樹は、ゲームのやり過ぎで疲れたのかすぐ眠りについたそうだ。

佳恵の機転で紗愛の力を借りることとなり、そこに弥生が加わったことで事件の解決となった。まるで、三人はワンチームのようだった。この事件をきっかけに、弥生と紗愛と佳恵の関係は一層深まっていった。


次の日、弥生に警察から連絡が来て、昨日の行動について聞かれた。

「一応、皆さんに聞くことになっておりますので」と、もっともらしく言っていたが、これは完全に疑っているなと思いながら弥生は聞いていた。

弥生は、昨日の昼間は仕事で、午後八時頃に家に帰り、一一時頃に紗愛から連絡を受け、あの商店街に行ったと伝えた。

警察から、「なぜ?」と聞かれても、「呼ばれたから」としか言いようがなかった。でも、アリバイなら、A法律事務所に聞けばすぐにわかることである。だから不安は全くなかった。

すると、その翌日に犯人が捕まったと紗愛から連絡が来た。犯人逮捕の決め手は商店街に設置されていた防犯カメラの映像とのこと。防犯カメラの力は絶大である。

何でも、犯人は佳恵の父親の会社の元社員とのこと。社長への嫌がらせが目的だったらしい。犯人はかつて上司からパワハラを受け、それが原因で一年前に会社を辞めていたとのことである。その仕返しだったらしい。お金が目当てではなく、あくまで嫌がらせだったようだ。そのため犯人は、翌日には祐樹を帰そうと思っていたらしい。弥生は、「パワハラ?」と聞き直した。

「そうだって……。だけど、パワハラってそもそも何ですか?」

「ええと……、会社で上司から必要以上にガミガミ怒られることよ。その人は、それに耐えられなくて会社を辞めたんじゃないのかな……」

弥生はそう答えたが、決して弁護士としての答え方ではなかった。しかし、何とも人騒がせな犯人だ。

パワハラ騒ぎは最近のニュースでよく取り上げられるようになってきた。だから、またかと思い弥生は聞いていた。ハラスメントについては、A法律事務所にも、いくつか相談が舞い込んでくる。そして、企業向け学習会には、講師として弥生も何度か行くことがあった。セクハラ、パワハラ、マタハラ、モラハラと枚挙に暇がない。相手の人権や尊厳を軽視する行為である。でも、世間で問題視されるようになってきたのは良いことだと弥生は思っている。昔だったら、みな泣き寝入りしていただろうと思われるからだ。今はそのようなことが顕在化し、広く世間に問題提起している。これで少しずつでも暮らしやすい世の中になっていってほしいものだと弥生は思う。

これで一件落着、早い解決だった。


犯人逮捕の報道は、新聞とテレビのニュースでも取り上げられた。

「誘拐事件早期解決。小学生二人のお手柄」という見出しだった。そこには、弥生のことは全く触れられていなかった。また、小学生二人の実名は伏せられていたが、近所では、どこの家で起きた事件なのかは知れ渡っていた。だから、学校ではもちろん、クラスの中でも公然とささやかれていた。事件の衝撃度もあるが、小学生二人が解決したと

いう点に焦点が当たっていた。紗愛の話によると、

「佳恵ちゃんと紗愛ちゃんでしょ。あの小学生二人って」

と、クラスのみんなからそう聞かれたそうだ。

「そうだけど……、これは秘密よ。他に言わないでよ」

二人はそう答えたという。

「でも、どうして居場所が分かったの？　さては、紗愛ちゃんでしょ。超能力で」

これには、佳恵も紗愛も返答しなかった。二人はあの夜に、「超能力のことは内緒よ、絶対に」と誓いをたてていたのである。

紗愛は、学校で一層注目されるようになった。勉強はできるし、美人でスタイルが良くて、そこに超能力が加わったのである。

佳恵の母親である中村久美子は、紗愛に祐樹を助けてもらった恩を感じていた。だから、今度は自分が紗愛を守り、応援していこうと思うようになった。そのため、佳恵は母から紗愛についていろいろ聞かれるようになった。

「紗愛ちゃんは、どんな子かな？　超能力を持っているのはこの前分かったけど、なぜなのかなと思ってね。ねえ、紗愛ちゃんはどんな子なの？　お父さんとか、お母さんは？」

「紗愛ちゃんはね、お母さんがイギリス人で、お父さんが日本人」

「それは知っているわよ。そうじゃなくて、お父さんとお母さんも超能力の持ち主かってことよ。特別な何かを持っているとか、有名な何とか一族の末裔《まつえい》とか、何か知らないの？　超能力の秘密をさ……」

母は、あからさまに超能力の理由や原因を聞きたがっていた。

「普通よ。お父さんもお母さんも」

佳恵は、カメオのブローチのことは秘密にしていた。紗愛との約束である。

「普通ってことはないでしょ。じゃ、お母さんのスマホで調べてみようかな……。生年月日と生まれた時間とか、血液型とかを入力すれば、このアプリで簡単に調べられるのよね……。すごいでしょ」

「へえー。じゃあ、もしかして私のもやった？」

「もちろんよ」

「で、何だったの？」

「あなたの性格はね、おとなしくて知的、人に優しくて、時には優柔不断だが、実行力があるんだって」

「何、それ？　誰でも当てはまるんじゃないの、それって？」

「いや、いや、あなたの場合は結構当たっていると思うわよ。お母さんのも見たけど、ズバリだったし……」

「で、何だったの？　お母さんは」

「それは秘密。子供には言えないことよ。フフフ」

　佳恵は、そんな母に呆れるばかりだった。しかし、

「もしもだけど、イギリスにいるお母さんに紗愛ちゃんが会いたいと思っているのなら、の話だけどね、イギリスに綾子叔母さんがいるでしょ。だから、今度の夏休みにでも、紗愛ちゃんをイギリスに連れていってあげようかなって、考えたんだけどね、どうかな？　まあ、ほら、ユウキの件ではお世話になったからね。何か紗愛ちゃんのお役に立てればと思ってね」と言ったのには驚いた。

　ロンドンに住んでいる叔母の綾子のことは知っている。でも、佳恵は今まで紗愛にお母さんに会いたいかなんて聞いたことはなかったし、そんなことをとても聞けないと思っていた。果たして、紗愛はどう思うだろうか。

　紗愛のお父さんが二年半前に亡くなっていることは、佳恵も知っている。イギリスにいるお母さんに会いたいかどうかを聞けば、会いたいって言うだろうなと推測できる。でも、ホントに聞いていいものだろうか、と佳恵は悩んだ。そのことで紗愛を逆に傷つけるかもしれないからだ。

そこで佳恵は、あのお姉さんから聞いてもらえないかと考え、弥生に電話した。

弥生は仕事中だった。ミーティング中にスマホが突然鳴ったので、「失礼」と言ってその場から離れて電話に出た。しかし、話し声は聞こえる距離だった。

「あっ、お姉さん？　佳恵です。今、大丈夫ですか？」

「あっ、どうも。いつもお世話になっております。はい、承りますが」

「実は、ちょっとお姉さんに相談があるんですが……」

「ご相談とは、どういった内容でしょうか？」

「紗愛ちゃんのことなんですけどね……、今度、ちょっと相談に乗ってもらえませんか？」

「はい、かしこまりました。では、いつがよろしいでしょうか？　そちら様のご都合はいかがでしょう？」

「今度の日曜日の一一時に、この前の公園はどうですか？」

「はい、かしこまりました。では、その時間にお伺いいたします。では、失礼いたします」

弥生は佳恵と会う約束をした。

佳恵は弥生に率直に聞いてきた。お母さんが言い出したことについて。

「えっ、沙愛ちゃんが佳恵ちゃんのお母さんと一緒にイギリスに？　私が聞くの？　参ったな……。佳恵ちゃんが聞いてみればいいじゃん。付き合いは佳恵ちゃんの方が長いんだからさ」

弥生は逃げ腰だった。

弥生には紗愛の気持ちの見当が付かないのだ。仮に会いたいと思っていたとしても、祖父との関係もある。祖父がどう思うかである。また、旅費のこともある。

それに、紗愛のお母さんという人の事情がどうなっているか全く分からないのだ。仮に、会いに行ったとしても、会えるかどうか。会ったとしても、紗愛を娘と認識できるかどうかもある。紗愛を受け入れない場合もあるし、紗愛の方が母親を受け入れない場合もあるだろう。何もかも、全く情報がないのである。

弥生は迷った。とにかく、紗愛の気持ちが大事であることは確かなことだが、祖父の事情やイギリスにいる母親の事情もある。だから、ダイレクトに聞く前に、知識としていろいろな事情を知っておくべきじゃないかと考えた。

「ん……、まず紗愛ちゃんにお母さんに会いたいかどうかを聞く前に、もっと、紗愛ちゃんの家族関係とか、お父さんがどんな人だったとか、お母さんはどんな人だったとか、そのへんからやんわりと調べてみたらどうなのかな？　でないと、紗愛ちゃんがいろいろと、ほら、傷つくかもしれないし……。それと、仮に会うとなったとしても、どんな結果が待ち受けているか、そのへんの覚悟も必要だしね」

「母が紗愛ちゃんにお礼をしたい気持ちは分かるんだけどね……、なんかデリカシーがないというか……。参っちゃうんだよね。言い出したら他の人の話は聞かないし。ホント、困ったなあ……」

佳恵は、本当に困っているような顔をした。

仮に、夏休みの八月にイギリスに行くとして、ホテルとか飛行機とか、予約は二カ月前くらいにはしなくちゃならないだろう。そうすると、六月中には決めなければならなくなる。あと一カ月半ほどしかない。それまでにいろいろと調べなければいけないことが多いのは確かである。弥生は、

「少しずつ紗愛ちゃんの気持ちとか、いろんな情報を聞き出すしかないいんじゃないのかな……」

と呟き、腕組みをして空を見上げた。浦和の空は今日も晴れて青空だった。

「お姉さんから、紗愛ちゃんに聞いてもらえませんか？　お願いします」

佳恵は、まるで弥生を拝むように両手を顔の前で合わせた。そして、片目を開け弥生

の反応を窺ったのだった。佳恵は、弥生が断れない性格だというのを見抜いているようだ。

「しょうがないわね……。じゃあ、私から聞いてみるか……」

結局、弥生はそう答えてしまった。


弥生はどう聞くべきかと悩んだ。少しずつ聞き出すしかないだろうと最初は思っていたが、やはり性格なのか、一気に聞くことになった。つまり、セッカチなのだ。

弥生はその日の夜に紗愛と連絡を取った。

「紗愛ちゃんさ……、お母さんって、どんな人だったか覚えている？」

「ん……、覚えていないよ。写真で見るだけ。紗愛に似ているかもね」

「お父さんはどんな人だったの？」

「ん……、優しかったよ。休みの日には遊んでくれたし、公園や動物園にも一緒に行ってくれたしね」

「お父さんのお仕事は何だったの？」

「ん……、商社マンっておじいちゃんが言っていた。だから、お父さんがイギリスにお仕事で行っていた時にお母さんと出会って結婚したんだって。でも、紗愛が三歳の時に、お母さんが病気になって、死にそうになって、それでイギリスに帰ったんだって」

弥生は、聞いていて何だか辛くなってきた。両親がいない生活は弥生には全く想像できないが、紗愛にいろいろと話を聞くことで悲しみや心の傷をほじくり返すような気がしてきたのである。でも、佳恵との約束もある。

「お母さんは今どこに住んでいるか知っている?」

「私は分からないけど、おじいちゃんに聞けば分かると思うよ」

「お母さんに会いたいと思うことってない?」

「どうしたんですか、急に?」

紗愛は、ついに弥生の質問責めに異変を感じたようだ。

「いや……、ただ、どうかなって。いや、何でもないよ、気にしないで」

弥生は慌てて答えたが、動揺している様子はかなり分かりやすい。

「変ね……。お姉さん、いつもと違いますね。でも、ま、いっか。紗愛は、お母さんがどんな人だったか、知りたいとは思うけど……、正直、会うのは怖いです」

「怖い?」

「だって、もう七年も経つんだよ。紗愛のことを忘れていたら悲しくなるでしょ。それに、向こうには、向こうの事情っていうのもあるし……。新しい生活が始まっていたら迷惑かもしれないでしょ。それに……、紗愛はおじいちゃんと暮らすって決めたしね」

「そっか……」

「おじいちゃんも、おばあちゃんがいなくて寂しいと思うよ。だから、紗愛が傍にいてあげないと可哀想でしょ」

紗愛は優しい子である。自分のこと以上に、祖父のことを心配しているようだ。紗愛だって祖父以上に寂しく辛いだろうに。

さて、これからどうするか。弥生はまた悩んだ。聞きたいことはまだたくさん残っているのだが。

紗愛は母親に会うのが「怖い」と言った。それは無理もないことか。母親がどんな人か、どんな暮らしをしているのか、紗愛のことをどう思っているのか、悪い結果が待ち受けている場合もある。だから、そのことに向き合うのはやはり怖いのだろう。弥生がもし同じ立場だったとしたら、やはり怖いと思うに違いない。でも、会いたい気持ちを持っていることは確かなようである。紗愛にとって、どうすることが一番良いのだろうか。

三　占い師

新橋駅から歩いて五分ほどの古びたビルの二階に、「占い」と看板を掲げた部屋がある。その中には、小部屋が四室あり、占いはその中で行われていた。小部屋の中は三畳程度の広さで、中央に小さなテーブルが置かれ、それを挟んで依頼者に応対するようになっていた。弘樹はその一室を使い、数人の仲間と共に占星術師として営業している。

ある日、弘樹の所に一人の男が依頼にやってきた。初めての客だった。その男は五〇代のサラリーマンのように見えた。

依頼者は「亡くなった父のことで」と言った。遺産分割のことであれば、法律に則ってということになる。だから、行くべきは弁護士事務所のはずである。弘樹は、

「遺産分割のご相談でしたら、法律事務所の方がよろしいかと……」と言った。

でも、そういうことではないらしく、依頼者は少し説明をためらっているように見えた。

彼が言うのは、父親の遺産を巡って調べていると、内縁の妻という人物の存在が分かったとのこと。だから、どう対処したらいいのか相談したいというのである。

仮にそうだとしても、行くべき所は弁護士事務所か、またはその真偽を調べるのであれば、探偵か興信所の方だろうと弘樹は伝えた。でも、その男は「占ってほしい」と言った。

内縁の妻と思しき女性は、父親が亡くなってから一カ月ほどで同じように亡くなったという。それを知ったのは、父親の死後三カ月が経ってのことである。

その女性には身寄りがないので、内縁の妻だったかどうかの真偽は、もはや遺産分割とは関係ないとのこと。しかし、もし内縁関係というのが本当であるなら丁重に供養すべきかどうかを知りたいということだった。それを占ってほしいというのだ。なぜかというと、父親が夢に現れて何か言いたげなのだという。それで、気になってきたのだと依頼者は言った。

弘樹は「ウーン」と唸った。

弘樹は、なぜそのことを占いに頼るのかと疑問に思いながらも、依頼者の思い詰めたような顔を見ると断ることができなかった。でも、どう占うかである。専門は占星術。今回の相談は、性格判断とか、今後の人生とか、運勢を占うのとはわけが違うのだ。

しかし、弘樹は依頼者とともに年配の男の霊が一緒に部屋の中に入ってきたのに気づいていた。なので、すぐに（変だ）と感じながらも、それを無視していたのだった。霊が見えるというのは、弘樹にとってはありがちなことで、怖いとか不気味とかの感覚はなかった。ただ、見えるということを事実として客観的に受け止めていたのである。「またか」という具合に。

ただ、見える時には冷気を感じることがよくある。また、霊とともに花畑とかの背景も一緒に見えることもあった。今回も、部屋の空気とは違う冷気を感じ、足下には色鮮やかな草花が一面に広がっているのが見えていた。だから、悪い霊ではないことを理解していた。

弘樹はまず、依頼者の氏名と生年月日を聞いた。次に父親の氏名と生年月日を聞き、続いて内縁の妻と思しき人の氏名と生年月日を聞いた。そして、占星術の道具を出し、占星術の様式に則って占う素振りをし、目を閉じた。看板には「占星術」と謳っているからである。

弘樹は、思い切って男と一緒に部屋に入ってきた霊に向かって名前を聞いてみた。無言のまま、意識を集中してその霊に語り掛けたのである。弘樹にとって、霊に語り掛けるのは初めてのことだった。今まで、自分から話し掛けるようなことはなかった。そんな必要がなかったし、できるとも思わなかったからだ。でも、やってみた。

しばらく待ったが返事はなかった。

やっぱりダメかと思ったその時、微かに聞こえてきた。それを霊の声だと感じたのだ。聞こえたというよりは頭の中で響いたというべきか。

その霊はボソッと名前を名乗り、そして依頼者の父親だと言った。その立ち姿は姿勢よく、穏やかに話し、そして軽く頭を下げたのだった。とても真面目そうな人のように見える。

弘樹は驚いた。会話が成立したのである。初めてのことだった。そして、「やればできるんだ」と思った。弘樹は、その霊に内縁の妻と思しき女性の名前を伝え、内縁の関係にあったかどうかを尋ねてみた。すると、少し間が空いたが返事が来た。

（そうです）

弘樹は、これはいいぞと思った。そして次に、その人が亡くなったことを伝え、どうしたらよいかと尋ねた。今度はさっきよりもっと時間がかかった。返事がなかなか来なかった。悩んでいるのだろうか。すると、

（できれば一緒の墓に入れてやってほしいが……、息子たちはそれでも良いのだろうか……）

やはり、その女性は父親にとって大事な人のようである。でも、思い悩んでいるよう

だ。要は、息子たちや残された者のことを気遣っているのだ。一緒の墓に入れてもいいのかと。

そこで、弘樹は依頼人に聞いてみた。

「占いによりますと、お父様とその女性は内縁関係にあったようです。ですので、できれば一緒のお墓にお入れすることをお勧めします。でも、息子さんたちはそれでもよろしいのでしょうか。それを、お父様が心配されている、と出ました」

その男は弘樹の言葉に驚いた表情をした。まるで父親と会話でもしたような口振りだったからだろう。でも、その言葉を信じたようだ。

「私はいいと思っています。もし、父の大事な人なら……」

その言葉を父親も聞いていたのだろう。父親の霊は息子の言葉に安心したように見えた。

「では、そのようにしてあげてください」

そう言うと、依頼人とその父親の霊は弘樹に深々と頭を下げ、礼を言って部屋から出ていった。

弘樹は、これは占星術ではなかったが、まさか霊視とは言えなかった。看板と違うからである。弘樹はただ聞いたままを伝えたに過ぎない。一応「占いによりますと」と、前置きをしてからだったが、果たしてそれで良かったのだろうかと悩んだ。

依頼人は、帰り際に次のように言っていた。

「私も、薄々は感じていました。父は母が亡くなってから寂しくしていたことを知っています。父は頑固もので、子供の世話にはならないと言っていました。母の七回忌が終わってからでしたか……、どなたか分かりませんが、女性とお付き合いしているのではないかと勘づきました。三年くらいでしょうかね、その女性と一緒にいたのはそんなものだと思います。でも、これで踏ん切りがつきました。父が望んでいるのならそうします。ありがとうございました」

弘樹は何と言っていいのか分からなかったので、「またのお越しを」とつい言ってしまった。でも、本当にこれで良かったのだろうか。

結論から言えば、依頼人からの問いに正直に答え、依頼人はその答えに満足していた。だから、いいに決まっているとは思うが、看板に偽りありとなる。どちらかと言えば、やったことはむしろ「霊のお悩み相談」なのかもしれない。

依頼人は、占星術に固執しているわけではないと推測できる。結果が全てだから、過程はどうでも良いと言えば乱暴だが、それほど拘っているわけでもないのだろう。依頼人も、その父の霊も感謝している様子だったから、ある意味、人助けでもある。だから、今後似たような依頼が来た場合には、占星術に拘らず答えればいいのではないかと思うようになった。これが、弘樹にとって最初の「霊視」による仕事だった。しかし、これが思いがけない方向に向かっていった。

弥生は仕事帰りに買い物のためショッピングモールに入った。すると、その三階の通路に、いくつかの占いのためのブースが設けられているのを見つけた。普段は、その通路には何もないので、弥生には何かのイベントのように思えた。

五つのブースには客が数人入っているようだった。その一番奥のブースから、占いを終えたばかりの五〇代くらいの女性が笑顔で出てきた。

「どうもありがとうございました」と言って、その女性は立ち去った。そして、そのブースの入り口では三〇代と思われる男性が、笑顔で見送っていた。

弥生は、その男を見た瞬間、ちょっとした違和感を覚えた。その男は向き直り、ブースの中に戻ろうとした時、弥生の視線を感じたのか、弥生を見るなりすぐに声を掛けてきた。

「いかがですか、占いやってみませんか?」

屈託のない笑顔だった。

弥生は一瞬考え、「占い?」と言った。弥生は、占ってもらおうなどと考えてもいなかった。だから、「いいえ、結構です」と断った。

しかし、男の発する違和感はずっと続いていた。

「ここは常設ではないですよね?」

「ええ。今日と明日の二日間です。よろしければどうですか? 今、特別に二〇分、三〇〇〇円でやっておりますが……」

「いいえ、占いは結構です」と応えてすぐに、「でも……、なぜかあなたに奇妙な感じが……」

と、弥生は言った。すると、

「えっ、あなたも占い師ですか?」と聞いてきた。弥生は、

「いいえ……」と答え、同時に手を振った。そして首も横に振った。

弥生は、その男をしばらく観察するように見ていたが、それも変なので、

「ではちょっと、お話を伺ってもよろしいでしょうか? 占いではないのですが……」

と言った。

「あっ、はい。少しなら」

男はそう言って、少し怪訝な顔を見せながら中に入っていった。

中には、小さなテーブルがあった。弥生はテーブルを挟み、男と向かい合わせに座った。

「私は、北条弥生と申します。突然にスミマセン。弁護士をしています」

弥生は鞄から名刺入れを出し、中から一枚の名刺をその男に渡した。名乗った方が先方も安心すると思ったからである。

「へー、弁護士さんですか？　何か事件でも？」

「いえ、そうではありません。ふふ」と、弥生はつい笑ってしまった。そして、

「先ほど、あなたは何か変わった人だなあと感じました。何か、不思議な力があるような気がしましたので……」と言った。

「ははは、だから、私は占い師ですよ。あなたを見ましょうか？」

「そうではなくて、占いとは違ったもののようです」

弥生には、それが何なのか分からなかった。しかし、依然としてその男から得体の知れないものを感じていた。

「分かるのですか？」

「感じます」

男にも、弥生がからかっているのではなく、真面目に言っていることが弥生の表情から分かったようだ。

「そう言うあなたも普通ではないようですね……」

そう言って、その男は胸ポケットから名刺を取り出した。そこには、「占星術師／山内弘樹」とあった。そして、弘樹は自己紹介を始めた。

弘樹は、青森県の弘前市出身で二八歳と言った。

「あら、青森県のご出身ですか？」

「いい所ですよ。空気は良いし、食べ物は旨いし。東京とは比べものにならないです」

「方言は感じないですね」

「東京に来て、もう一〇年ですから……」

弘樹は一八歳で東京の大学に入り、大学卒業後は東京でＩＴ企業に就職したが、自分には合わないと思い、二年で会社を辞め、占い師を目指したとのこと。

「今はこうやって、個人事業主として、占い師をやっていますが、会社員と違って社会保険も年金も全て自前で負担ですから正直シンドイですが、自由なのがいいですね」

弘樹は、苦笑いをしながら話を続けた。そして、

「会社勤めの時は、周りから変な奴と思われていたようでして……」

と言った。しかし、その理由が変わっていた。

弘樹の祖母は、弘前で霊媒師の仕事をしていたとのこと。月に何回か、客に頼まれては見ていたという。祖母は霊が見えるらしいのだ。そして、会話もするらしい。その遺伝なのか、弘樹も小さい頃から変な体験をしていたという。要は「見える」というのである。いないはずの人が見えるらしい。最初は何なのか分からなかったが、そのうち、霊だと思うようになったとのこと。でも、怖いという感覚はあまりなかったという。普通のことだったし、まるで生きているようにも見えるからである。時には笑っている場合もあるという。

その現象は常時ではなく、見える時がたまにあるとのこと。また、見たいと思っても見えない時もあり、見えるというのは自分の意志とは関係ないようだ。それが、現実かどうか頭の中で混乱するので、周りからは「変な奴」と思われていたらしい。だから、弘樹は見えても周りに言うのを封印し、見えた時は無視してきたとのこと。会社でも、たまに見えるその現象が仕事の邪魔をし、「結局、退社しました」と言った。

弘樹は、恐らく自身の持つ不思議な力のせいで、普通に生きていくことの難しさを感

じていたのだろう。今は何でもないように話してはいるが、当時は結構悩んだに違いない。

弥生は、「へー、そうでしたか……」という言葉しか出てこなかった。霊が見えるというのは、確かに不思議な話である。

弥生は、幽体離脱する人を知っている。だから、彼のような人がいることにあまり抵抗はなかった。弘樹に不思議な力があるのは確かなようで、それが弥生に違和感として伝わったのだろう。

弥生は、「実は、私も変なところがありまして……」と言ったあと、テレパシーで話せる人がいることを弘樹に伝えたのである。

弘樹も、「へー」としか言わなかったが、彼の場合は目を丸くし、まるで化け物を見るように驚いた顔をしたのが弥生との違いである。

「話せるんですか?」

「ええ、今は三人と話せます」

「そうですか……。不思議ですね……」

弘樹は、普段は新橋駅の近くにあるビルの中に、何人かの占い師の仲間とともに事務所を構えていて、そこでお客さんを見ているとのこと。そして、年に何回か、近隣のショッピングモールなどで宣伝がてらブースを構えているとのことだった。

でも、占いの方法は「占星術」と言っていた。「霊視」ではない。気味悪く思われるのが理由らしい。

弥生は、「霊視」が可能なら、「占星術」より確実なような気がするが、それについては、

「占星術の方が万人向けと思いますので……」との答えだった。そして、

「何か相談事があればいつでも見ますよ」

と弥生に言っていたが、占いには特に興味がなかったし「霊視」にもあまり関心がなかったので、弥生は名刺を持ってその場を後にした。しかし弥生は、占い師の山内弘樹になぜかは分からないが、漠然と興味が湧いていたのである。

その次の日だった。弘樹のブースに五〇代くらいの派手な女性が相談にやってきた。見るからに金持ちそうな格好をした人だった。ブランドもののスーツと靴にハンドバッグが目に付き、弘樹にはどこかの実業家か、金持ちの奥様のように思えた。

その女性は、入ってくるなり、

「娘が失踪したので探してほしい」と言ってきた。そして、

「警察には既に届けていますが、あまり捜索していただけそうにないものですから
……」

と続けたのだった。

その女性は、明らかに困っているという顔をしていた。他に頼る所がないのだろうか。女性は、偶然、女性雑誌で占いの広告を目にしたのでここに来たと言った。しかし、なぜ、ここかという点が不思議だった。

「私は毎日、仏壇に向かって娘が無事であってほしい、守ってほしいと拝んでいます。実は、昨日もいつものように拝んでいると、突然、仏壇の近くに置いてあった雑誌がテーブルから落ちまして……、それを拾おうと思って雑誌に近づくと、なぜか占いの広告のページが開いておりまして……、そこにここが載っていたものですから、それで来てみました。何かのお導きかと思いましたものですから」

女性はそう言いながらも懇願するような眼をしていた。弘樹は、

「そうでしたか……」

と言ったものの、実はその女性の後ろに、女性の母親と思しき老女の霊がいるのに気づいていた。前回の時と同じようなシチュエーションである。冷気が漂い、足下には草

花が一面に広がっているのだ。そのため、「またか……」と思いながらも無視していた。

女性の話によると、娘は金田真紀と言い、一九歳の大学生とのこと。既に失踪して三週間ほど経つという。都内で一人暮らしをしていて、住んでいるマンションの部屋に行ってみると、部屋の中は普段と変わらない様子だったそうだ。しかし、娘とは携帯電話も繋がらず、連絡が取れないという。娘の友人にも聞いてみたが、皆「知らない」と言い、「旅行にでも行ったんじゃないですか」とのことだった。

真紀はよく誰かと二泊程度の旅行に行っていたそうだが、既に三週間が経っているのでそれも変である。バイト先のお店にも聞いてみたが、「連絡がない」との返事で、居ても立ってもいられず、警察に相談に行ったとのこと。事件に巻き込まれたのではないか、さらわれて監禁されているのではないかと、気が気ではないらしい。

弘樹は、「そうでしたか……」と、同じ言葉を何度も繰り返しながら話を聞いていた。でも、探すと言ってもどう探すかである。ここは占星術を行う場所である。せいぜい、占えるのは居場所を示すキーワードくらいなものである。

するとその女性は、

「捜索のための経費と、それとは別に礼金として手付金で五〇万円、成功報酬でさらに五〇万円を用意させていただきます。どうかお願いします。不足でしたら言ってください。あなたしかもう頼る所がありませんので……」

と言って頭を深く下げたのである。それはまるで、神に必死に祈る懇願の姿だった。

弘樹は、提示された金額を聞いて驚いた。あまりに高額なのである。普段の相談料は一回一万円程度である。だから、「百万円」と聞いて心の中では小躍りし、うまい話に思わず生唾《なまつば》を飲み込んでしまった。しかし、どう探すかである。

(困ったな……)と、弘樹は心の中で呟いた。

すると変な声が聞こえてきた。その女性の後ろにいる母親と思われる霊からのようだ。

(どうするの？　見るの、見ないの？)

と、あからさまに催促してきたのである。しかもイライラしている声で。思わずその霊の方を見ると、その表情はまるで生きているようにイライラ感丸出しに見えた。そこで、

(見ると言いましてもね……、ここは占いをする場所なんですよ……)

と、弘樹は力なく反論した。探すにしてもどうやって探していいのか全く分からないのだ。

(じれったいわね。いい……、私がここに来るように仕向けたのよ。それはね、あんた

が、探してくれると思ったからよ。この前も、相談に来たお爺さんがいたでしょ。何でも愛人の位牌とか何とか言っていた人。その人がね、あんたが良いと紹介してくれたのよ。だから来たの。分かった？　私が手伝うから、引き受けてちょうだいよ。いいわね、頼んだわよ）

まるで命令口調だった。弘樹はそれを聞いて、「えっ」と絶句した。「紹介」とは何なのか。向こうの世界でも横の繋がりがあるというのか。（あの爺さん、余計なことを）と思ったその時だった。

（どうするの。やるの、やらないの？）

と、また催促が来た。もうしょうがない。イチかバチかだ。

（分かりました。やります。やればいいんでしょ……。でも、お手伝いしてくださいよ。私にはあなたに頼るしか方法はないんですからね）

と、つい言ってしまったのだった。すると今度は、

（分かればいいの。やっぱり来て良かったわ。言い遅れたけど、私は金田文子。真紀の祖母よ。ヨロシクね）

と返してきた。ヤレヤレである。

「では、占いますので、お嬢様のお名前と生年月日をここにお書きください」

弘樹は依頼人の女性にそう言った。ここの看板はあくまで占星術なのだ。弘樹はその真似事をした。

弘樹は、さも占いでもしているように目を閉じ、霊に話し掛けた。

（さて、どうしましょうか？）

（真紀は今、箱根にいます）

（箱根ですか？）

（そう言ったでしょ。よく聞いてなさいよ。あの子は無事よ。ただ、一つだけ大きな問題があります）

（はあ？）

（あの子を見つけても、戻って来るかどうか、そこが問題なのよ。だから、あなたの仕事は、あの子を見つけ出したら、説得して連れ戻すことなの。いい？　それで一〇〇万円よ。いい商売じゃない）

（でも……、それはどういうことですか？）

（行けば分かるわよ）

弘樹は、霊の横柄な物言いに呆れていたが、これも一〇〇万円の仕事のためと思い、次の日に箱根に行くことにした。しかも、横柄な年寄りの霊と一緒に。

その二日後のことだった。弘樹から弥生の勧めるA法律事務所に連絡が来た。

「はい、北条ですが」

「あっ、スイマセン、山内弘樹と申します。先日はどうも。覚えていらっしゃいますか？」

「えっ、ああ……、先日の占いの方ですねえ。どうかしましたか？」

「はい。あのう……、ちょっとお願いしたいことがありまして……。今、よろしいでしょうか？」

「はい。はて……、何かの依頼でしょうか？」

「はい、依頼と言いますか……。そのう、他の人には言えないことなんですが……」

「はあ、どういうことでしょう？」

弘樹は、霊からの依頼で仕事を引き受けたことを説明した。そして、何とか娘さんを見つけたまではいいが、「どうしても家に帰らない」と言うので、弥生に説得してほしいとのことだった。

「説得を……、ですか？」

「ええ、そうです。なかなか家に帰るとは言わないものですから。ですので、あなたに助けていただきたいと思いまして……。霊に関わることで、他に頼める人がいないものですから……お願いします」

弥生には、電話の向こう側で弘樹が頭を下げているのが見えるようだった。

「でも、失踪者のことなら警察に言えば解決する話じゃないですか。何も私が出ていかなくても」と、突き放した。

「でも、そんな単純な話じゃないものですから……。人助けだと思って、ぜひお願いしますよ」

弥生は、弘樹の言った「人助け」という言葉に反応し、頭のどこかのスイッチがＯＮになった。

弥生は、しばらく間を置きながらも、

「人助けですか……。なら、しょうがないですね。分かりました。私、行って説得してみましょう。でも、今回だけですからね」

と、結局承知してしまったのだった。行き先は箱根湯本。弥生は明日からの土日を利用し、ついでに観光を決め込もうと思ったのだ。一泊二日の予定である。

弥生は、箱根湯本駅の近くにあるホテルＳに午後一時に到着した。ネットで検索して安いホテルを見つけたのである。部屋に荷物を置き、その辺を散策してからお風呂に入って、美味しい料理でもと考えていた。そして、それから弘樹に連絡しようと思っていた。順番は逆かもしれないが、こちらも休暇を使ってのことだから、これくらい構わないと思っていた。

弥生は、五時頃まで辺りを散策して楽しんだ。季節は暖かく、新緑が綺麗で、ツツジや藤の花が咲き乱れ、箱根はいろいろな国からの観光客で賑わっていた。

弥生はこれまで、温泉でゆっくりしたことなどなかった。今までとにかく忙しかった。就職してからもずっと。学生時代も司法試験のために勉強に多くの時間を割いていた。しかし今回、短時間とは言え、やっとの温泉旅行となったのである。

弥生は、やると決めたら他のことはあまり目に入らなくなる。よく言えば集中力があるのだが、それだけ堅物というか、融通が利かないというか、友人からはそう思われていたようだ。子供の頃からずっとそうだった。だから、成績優秀で、弁護士試験も一発合格なのだが、今思えば何とも味気ないという思いがしている。

当然、恋愛経験はない。ちょうど、紗愛や佳恵と同じくらいの小学校高学年の時に、ちょっとした片思いのような経験はあったが、その時はクラスの大半の女子が特定の男子にそうだったから、片思いのようなものは知らないうちに消えていった。あとは、脇目も振らずに学校生活を送っただけである。そんな自分を堅物と弥生も思っている。

弘樹からの依頼がなければ行くはずのない旅行だが、誰にも邪魔されずに過ごせる初めての旅行は心地良く、弥生の気分はウキウキだった。

ホテルに戻り、次はお風呂でもと考えながらロビーのソファで寛いでいる時だった。玄関から見覚えのある人物が入ってきた。（あれっ）と思いながら、弥生は声を掛けた。

「山内さん……?」

まさかここに山内弘樹がいるとは思いも寄らなかった。

弘樹も弥生を見るなり目を大きく開け、「えっ……」と、言葉にならない様子だった。弘樹も、まさかと思ったのだろう。そして、「どうしてここに?」と言った。

弘樹も同じホテルのようである。さては、ネットで同じように安いホテルを検索したのだろう。

「見つかって良かったわ。おかげで連絡する手間が省けました」

「はあ、それはどうも」

「で、どうなんですか？　その後の状況は」

弘樹の話はこうだった。

年寄りの霊の言うままにここに来て、依頼された娘は弘樹が来た翌日には見つかったらしい。しかしその娘は、母親の所には戻りたくないと、駄々をこねたままとのこと。

そして、その理由がすごかった。

　同じ大学に通う彼氏が、絵を描くために親の持つ別荘に一人で住んでいる所に、その娘は押しかけたらしい。そして、強引に住み始めたとのこと。彼氏が帰れというのに、「帰らない」の一点張りで、「そんなに言うなら死んでやる」とか言って居座っているようなのだ。弘樹が、

「お母さんが心配していますよ」と説得しても聞き入れないらしい。そして、

「あなたには関係ないことでしょう。お母さんに連絡したら死んでやるからね」と言っていたとのこと。そして、「いや、参りました。もう説得に三日ですよ。マックタク……、困った娘でして」と続けたのだった。

　弥生は、「へー」と言うしかなかった。祖母の霊の言うままにその娘を探し当てたこともすごいが、その娘の我がまま振りにもすごいと弥生は思った。

　弘樹が、霊と交信できるのは間違いないようである。これも超能力と言える。

（遺伝なのかなあ？）

　弘樹の脳は、遺伝により祖母の脳と形や働き方が似ているのだろうか。弥生には、その関係が不思議だった。

「では、明日、その娘さんの所に行きましょう。あなたに言われた通り説得してみます。

私が説得してもだめなら諦めてください。でも、これはあなたへの貸し、ですからね。いいですね」

弥生は語気を強め、「貸し」を強調した。要は、これが最後と言いたかったのだ。

「はい、よろしくお願いいたします。あなたならきっと大丈夫だと思います。弁護士さんですし、いや、心強いです」

そう言って、弘樹は深々と頭を下げた。でも、弥生には弘樹の魂胆が手に取るように分かる。人をおだてて操ろうとしているのだと。弥生は、小賢しい奴と思いながらも受け流していた。

「でも、それが終わったら私はすぐに観光に出掛けますからね。では、明日の九時にここを出て、一〇時までには仕事を終わらせましょう」

弥生がそう言うと、弘樹はまた頭を深々と下げた。しかし、弥生には下げた頭の下で弘樹の喜ぶ顔が見えるようだった。ヤレヤレである。

「では、ここの宿泊代と交通費は当方の経費ということにさせていただきますので……、何卒、よろしくお願いいたします」

弘樹はそう言って、今度は弥生に笑顔を見せたのだった。

二人がロビーで別れ、弘樹が弥生を見送ったその時だった。弘樹に金田文子の声が聞こえてきた。

（あんた、やるわね。自分の力ではダメだと思って、助人《すけっと》を頼むとは）

（へへへ。でも、これであの娘もお母さんの所に帰るでしょう。あの弁護士さんには説得力がありそうですからね）

（そうだろうけど、成功したらあの女にあんたの成功報酬の半分はあげなくちゃね。二五万円。あんた、それを宿代くらいで済まそうとしているでしょ。セコイねえ）

（えっ、でも私はもう三日も頑張ったんですから、そこはちゃんと評価していただかないと……）

（あんたも男なら太っ腹なところを見せなくちゃ、あの弁護士さんに嫌われるわよ。いいの？　あんた、あの女を気に入っているんでしょう？）

（いえいえ、そんなことはありませんよ）

弘樹は、誰もいない場所で、しきりに頭を横に振った。

（あの女はね、あんたの魂胆を飲み込んでああ言っているのよ。分からないの。マックタク、鈍感ね）

弘樹はそのへんは全く分からなかった。しかし、わざわざ箱根まで来てくれたことに、あからさまに誤解していた。「ひょっとして、俺に気があるのかも……」という具合に。

次の日の朝、弥生と弘樹は金田真紀が居座る別荘に向かった。

「あの家です」

弘樹は前方に見える家を指差した。そして、「ここに来るのはこれで四回目ですよ」と言った。

やや斜面になっている場所に、建坪四〇坪程度の二階建ての白い大きな家があった。コテージ風の造りで、階段の上に玄関があり、一階は駐車場になっていた。新緑の木々が生い茂る庭に、ツツジの花が咲き乱れ、鮮やかな赤と白の花々が白い家に映えていた。また、時折ウグイスの透き通るような鳴き声が聞こえてきた。ここはのどかで、いい場所である。

弘樹は、階段を上りインターホンを押した。

「山内です。金田さんに会いに参りました」

「しつこいわね……、私は帰らないと言ったはずよ」

インターホン越しに若い女性の声がした。いつものことらしい。昨日も、一昨日も同じ返答であると、弘樹は弥生に説明した。そこで、弥生が声を掛けた。

「私は、弁護士の北条と申します。お母様の依頼で参りました。ここを開けていただけないでしょうか？」

するると、今度は男の声がした。

「はい、今開けます」

弁護士という言葉に反応したのだろうか。すぐに玄関が開いた。出てきたのは若い学生風の男だった。顔立ちの整った優しそうな男である。良家のご子息という匂いがする。

「朝早くに申し訳ございません。北条と申します。A弁護士事務所から参りました。金田真紀様はご在宅でしょうか？」

弥生は名刺を取り出し、その一枚を若い男に差し出し、一礼した。弥生の服装はカジュアルな装いで、いつもの紺のスーツ姿ではないが、名刺の威力は絶大だった。

男はいったん家の奥に戻り、しばらくして若い娘を連れて出てきた。その娘はブスッとした顔で口を尖らせ、今にも泣き出しそうな顔をしていた。弥生には、かなり観念しているように見えた。

「金田真紀さんですね。弁護士の北条と申します。お母様が心配されていますので、いったん、お母様に連絡をするか、家に戻っていただけないでしょうか？」

真紀は、無言のまま下を向いていた。

「あなたは、『死んでやる』とか言って彼を脅しましたね。それは刑法二二二条の脅迫罪が疑われます。そして、彼の自由を奪いましたね。これは刑法二二〇条の監禁罪が疑われます。仮に、彼が訴えればあなたは犯罪者のレッテルを貼られるかもしれません。考え直してはいかがですか？」

弥生は、あと一息と思い、追い込みをかけた。

「それに、もし、本当に彼が好きなのであれば、そんな手を使わずに彼を自由にして、正々堂々と彼の気持ちを確認することをお勧めします。それが、できないのであれば、『捜索願い』が出されておりますので、一度警察の力をお借りすることになりますが、でも、お母様はそれを望まないと思いますよ。さて、どうされますか？」

真紀はまだ無言だった。すると、痺れを切らしたように彼が言った。

「真紀、いったん、お母さんの所に帰んな。それがいい。そして今度、お母さんを連れてくるといい。僕は、しばらくはここにいて絵を描いているから。そうしな。みんなを困らせないで……」

なんと優しい言葉だろう。真紀に手を焼き、ウンザリしているはずなのに。弥生の隣にいる弘樹とは人種がまるで違うように思えた。すると真紀は、

「でも……、でも……」と言ってモジモジし、

「ん……、うん、分かったわ」と、決心したかのように言った。

真紀は下を向いたままだったが、ついに観念したようである。

「私、いったん帰る。そして、近いうちにまた来る。両親の了解をもらって。だから、その時はあなたの本当の気持ちを聞かせて……。ダメならダメでもいい。でも、その時は本当のことを言ってね。私でいいかどうか……。今まで、我がまま言ってごめんなさい」

真紀はそう言い終えてからまた下を向き、歯を食いしばっていた。まるで、幼児のように必死に涙が出るのを我慢し、踏ん張っているようだ。両手をグーにして固く握りしめながらである。

本人も、このままでは長く続かないと思ったのだろう。それにやっと気づいたようだ。そして、これまでの自分を反省したのだろう。

真紀は、踏ん張りながらも固く閉じた目から涙を流し、鼻からも口からも透明な液体をたれ流していた。顔面崩壊である。その姿は滑稽であるが、可哀想でもあった。

弥生は、脅しや監禁で異性の自由を奪うような恋愛のやり方は卑怯だと思っている。それは、男性はもちろんのこと、女性も同じである。相手の優しさに付け込むなど、もってのほかである。弥生にはこの年まで恋愛経験は全くないが、そのくらいは分かる。

しかし、これで一件落着となった。

「では、これで失礼します」

弥生は弘樹にそう言って、その場から駆け下りるように去っていった。

弥生は、(私の任務はこれにて終了)と思っていた。時刻は一〇時少し前。これからロープウエイに乗り、芦ノ湖にある美術館と遊覧船、そして昼食と、スケジュールは詰まっている。弥生にとっては大事な休暇なのだ。しかし、何ともセッカチな性格である。


弥生が五〇メートルくらい行った所で、「北条さーん」と背中の方から叫ぶ弘樹の声が聞こえてきた。弥生はすぐに歩みを止め、後ろを振り返った。すると、さっき別れたはずの弘樹が足早に追い掛けてくるのが見えた。

(何かな?)と思いながら、弥生は弘樹が来るのを待った。

そこは、心地良い川の流れの音がザーッと絶え間なく聞こえてくる橋の近くだった。道端には一面に色とりどりの花が咲き、心が和む綺麗な場所である。ウグイスの鳴き声もひっきりなしに聞こえていた。

「良かった……。はあ、はあ……」

弘樹は息を切らしながら、すぐに追い掛けてきた理由を説明した。

「いや、そのう……、実は……、あなたを呼び止めてくれと頼まれまして」

弥生は一体、何のことか見当が付かなかった。

「いや、そのう……、また別の霊が出て来まして……。今度は男性なんですが、しかも若い人です。あのう……、鈴木紗愛という人をご存じないですか？」

弥生はその言葉に衝撃が走った。こんな所で紗愛の名前が出てくるなんて、思いも寄らなかった。

「えっ、なぜですか？」

弥生には疑問の方が先に来た。弘樹の質問の意図も理由も、何も想像できないのだ。

弘樹の説明はこうだった。

弥生が、あの別荘を立ち去ったあと、すぐに金田文子の霊が出てきたという。

（すぐに悪いんだけどね、あの弁護士さんを呼び止めてもらえないかね）

（どうしてですか？）

（実は、あの人に頼みがあるっていう人がいてね……。この人、鈴木さんと言って、鈴木紗愛という娘さんのお父さんなんだがね）

そう言って隣に佇む霊を紹介したという。すると、隣の霊が鈴木淳也と名乗り、

（娘のことで北条さんに頼みたいことがありまして……、どうかお願いします）と言っ

たとのこと。

鈴木淳也は金田文子と違って、「すごく礼儀正しい人でしたよ」と弘樹は言った。

弘樹が、(いや……、そのう……)と、まごついていると、今度は文子の方から、(いいかい、あんた、人助けだと思って、言うこと聞きな。いいね)と叱るように言ったらしい。

(はい、はい、分かりました)

弘樹はそう言って、すぐに弥生を追い掛けたとのことである。鈴木淳也が弥生に何を言いたいのかについては、弘樹は何も聞いていないと言った。


弥生は、「鈴木紗愛という人は存じておりますが……」と、弘樹に答えた。

弥生は紗愛の父親の名前・鈴木淳也については紗愛から聞いて知っていた。しかし、突然の弘樹の言葉に弥生の背中に何か冷たいものが流れるような気がした。霊が弥生に用があるというのは、普通では考えられないことである。弘樹の力は本物だと思ってはいるが、想像をはるかに超えていた。

弘樹の通訳で、鈴木淳也との会話が始まった。弘樹はまるで霊媒師だ。

「いつも紗愛を大事にしていただきありがとうございます」

「はい……。いいえ……」

弥生は戸惑った。何て答えていいか分からなかった。目には見えない人が相手で、ただ、真剣な顔で話す弘樹が弥生の目の前にいるだけである。

「金田文子さんのツテであなたとお話しできて嬉しく思っています。実は、あなたにお願いがあります」

「はあ……、何でしょうか?」

「紗愛のことですが……。紗愛の母はキャサリンと申しまして、今はイギリスの病院で療養生活をしています。それで、紗愛が母親に会いたいと思うのであれば、ぜひ会わせてやってもらえないかと思いまして……。キャサリンも会いたがっていると思います。紗愛にとっては、一番大事な母親です。私が生きていれば、会わせたと思いますが、今となっては叶いません。どうか、紗愛を助けると思って、キャサリンに会わせてやってもらえないでしょうか? お願いします。キャサリンに紗愛の成長した姿を見せてやってください。どうかお願いします」

懇願する鈴木淳也の思いは弥生に十分に伝わってくる。彼は見えない所で弥生に深々と頭を下げているに違いない。あの世に行っても娘と妻のことが心残りなのだろう。

弥生は決心した。「紗愛を助けると思って」という淳也の言葉に、弥生の心のどこかのスイッチが再びONになったのである。

「はい、分かりました。紗愛ちゃんをお母さんの所に、私が責任をもってお連れします」

弥生は、箱根から戻ってすぐに佳恵に連絡を取った。でも紗愛の父親のことは言わなかった。霊と交信したとは決して言えることではない。

「紗愛ちゃんはね、やっぱりお母さんに会いたいみたいだよ。だけど、会うのが怖いみたいなんだな……。お母さんが紗愛ちゃんのことを忘れていないかとか、違う家庭を持っていたらどうしようかとか、いろいろ心配していたわ」

「そうなんだ……。だよね。そりゃあ心配になるよね……。三歳で別れて、もう七年だもの」

「でも、会いたい気持ちはあるみたいだから、今度は佳恵ちゃんから率直に聞いてみたらどうかな?」

「ええっ、私が、ですか?」

佳恵は、ためらいを見せた。

「そうよ。今度は佳恵ちゃんの番よ」

「でもな……。ん、はい、分かりました。じゃあ、今度は私から聞いてみます。弥生お姉さん、いろいろとありがとうございました」

　佳恵はやっと決心したようで、弥生は安心した。

「あっ、それとね、もし紗愛ちゃんが行くとなったら、私も一緒に行きたいんだけど、どうかしら？」

「えっ、ホントですか？　じゃ、ぜひお願いします。お姉さんと一緒なら紗愛ちゃんもきっと心強いと思います。私の母よりずっと頼りになるし」

「じゃあ、その時はお願いね」

「こちらこそ」


　佳恵は、学校からの帰り道で紗愛に聞いてみた。

「お母さんがね、今度の夏休みに、紗愛ちゃんをイギリスに連れていきたいって言い出してね。祐樹の時のお礼もあるし、ロンドンにはお母さんの妹の綾子叔母さんがいてね、何度か、夏休みに遊びに行ったことがあるんだけど、今年は、紗愛ちゃんも一緒にどうかなって……。紗愛ちゃん、どうする？」

「えっ、ホントなの？　行きたい。行きたい。紗愛、行きたい。向こうにはお母さんがいるし。だけど、おじいちゃんを一人置いていくのはね……、なんか可哀想だしな

「……、どうしようかな……」

紗愛は悩んだ。祖父に聞けば行ってこいって言うだろうけれど、内心は寂しいだろうと思うからである。旅行にはお金も掛かることだし、果たして本当に聞いていいものだろうかと。

「旅費はね、お母さんが出すって言っていたわ。だから心配しないでいいよ。それに、ロンドンにはせいぜい一週間くらいだから、林間学校みたいなものよ。それくらいなら、紗愛ちゃんのおじいちゃんも我慢できるでしょ」

佳恵は、紗愛の気持ちを察したように言った。

「でもね、行くにはパスポートを取らなきゃいけないの。申請してから二週間くらいかかるみたいなのよね。だから、行くなら早く申請した方がいいから」

「そうなんだ。佳恵ちゃん詳しいね」

「だから、私に任せなさいって。私が全て面倒見るから。ね、一緒に行こうよ。紗愛ちゃんが一緒だと楽しいし、祐樹も喜ぶと思うよ。あっ、それとね、弥生お姉さんが、紗愛ちゃんが行くならお姉さんも行きたいって言っていたわよ」

「えっ、お姉さんが？　本当に？　じゃあ、おじいちゃんに聞いてみる」

紗愛は、弥生が一緒に行くと聞いて俄然行く気になった。でも、佳恵にはそう言ったものの、実はまだ悩んでいた。お母さんにホントに会えるのか、そして会ったら何て言おうか、また、そもそも会ってくれるのか。そして、お母さんに会えたとして、その後、どうしようかと。

祖父は紗愛を育ててくれた。だから、母と一緒に暮らそうと言われても、祖父の傍を離れるわけにはいかない。祖父はもう高齢《とし》である。だから、紗愛がいない生活は可哀想だ。しかし、母に会えばそれもどうなってしまうか分からない。いろいろなことが紗愛の頭の中で交錯していた。

紗愛は、その晩に祖父に聞いてみた。

「ねえ、おじいちゃん。ちょっと相談があるんだけど、いい？」

「どうしたんだ？　改まって。学校で何かあったのかい？」

祖父は、いつものように優しい笑顔を見せた。

「いや、そうじゃないんだけど……」

紗愛は一瞬ためらった。言っていいかどうかと。そして、祖父の目の奥を覗き込み、祖父の気持ちを読もうとした。紗愛の気持ちは複雑だった。でも、ついに意を決した。

「あのね、実はね、佳恵ちゃんのお母さんがね、今度の夏休みに私をロンドンに連れていきたいって言っていてね、もちろん、佳恵ちゃんも祐樹君も一緒なんだけど……、向こうに叔母さんがいるんだって。だから、今年は一緒にどうかって。旅費は、佳恵ちゃんのお母さんが出すって。あそこはお金持ちだからね……。一週間くらいだと思うけど、どうかな？　英語の勉強もできるし、お母さんに会えるかもしれないし……。それで……、行くとなるとパスポートが必要なんだって。だから早く申請しないとダメなんだって」

紗愛は、ここで一呼吸置いた。そして、

「お母さんに会えるかどうか分からないけど、もし会えるなら、行きたいな……、と思って。やっぱり、おじいちゃん、紗愛がいないと寂しい？」

紗愛は悩みながらも、前もって話そうと準備していたことを一気に話した。

淳一は考えている様子で、しばらくの沈黙が続いた。そして、姿勢を正し、紗愛に言った。

「紗愛のお母さんは重い病気でね。今も恐らく療養生活を続けていると思う。白血病といってね、血液の癌なんだ。日本にいる時に発病して、薬を続けていたんだけど、どんどん悪くなってね、紗愛を育てるのが難しくなって、それでイギリスに帰っていったんだよ。

紗愛と別れるのがお母さんは辛かったと思うよ。不甲斐ない自分を呪ったかもしれない。悔しかったと思う。でも、淳也や紗愛に迷惑を掛けられないと思ったんだろうな。身を引くように帰っていった。だから、お母さんは紗愛に会いたいと思っているはずさ。紗愛が行ったらきっと喜ぶと思うよ……。だけどね、紗愛に会えば、今度は別れが辛くなると思う。だから、行くとなると、その後どうするかも考えないとね」

淳一は紗愛を諭すように、ゆっくりと話した。

「おじいちゃんは、紗愛が会いたいと思う気持ちは十分に分かる。お母さんの気持ちも分かる。だから、行くことには賛成だよ。ただ、そのへんが心配なだけさ。おじいちゃんは紗愛がいないのは寂しいけど、一週間くらいは我慢できる。これでも男の端くれだからな。泣いたりしないよ。安心しな」

淳一はそう言いながらも、既に目を赤くしていた。いつか、こうなる日を予期していたに違いない。

「お父さんはね、本当はお母さんと別れたくなかったんだ。できれば一緒に暮らしたかった。だから、お母さんがイギリスに帰ると言った時は、猛烈に反対していたよ、『見捨てるのか』ってね。でもね、その反対さ。お母さんの病気は良くならないし、仕事と看病と育児で、お父さんの体は参っていると思ったんだと思う。お母さんは、お父さんに自分の看病までさせていることに罪悪感があったんだよ。だから『帰る』って言ったのさ。おじいちゃんには分かる。だから、お母さんは、体が良くなったら紗愛を迎えに来るつもりでいると思うよ」

紗愛は、黙ったまま聞いていた。

「実はね、お父さんが亡くなったことは、お母さんには伝えていないんだ。気を落とすと思ってね。お母さんの体のことを思うと、とても言えなかった。可哀想でね。伝えるべきかどうか悩んだけどね……。でも、お母さんの体を治すのが先だとその時は判断した。あの時は、紗愛はまだ二年生だったけど……、でももう一〇歳だ。大人みたいなもんだ。だから、どうするか、紗愛が自分で決めればいい。紗愛が決めたことをおじいちゃんは応援する。お金のことは心配しなくていい。紗愛は何も心配しなくていい」

淳一はそう言い終えて、ゆっくりと立ち上がり、その場から離れていった。涙を流しているのを見られたくないのだろうと紗愛は思った。祖父は、いつもそうなるからである。紗愛は祖父の背中を眺めながら、

「おじいちゃん、ありがとう」と呟いた。

紗愛は複雑な気持ちだった。「自分で決めろ」と言われても、どう決めればいいのか。紗愛の頭の中に、一遍にいろいろなことが入り込んでくるようだった。

紗愛は、母親の顔は覚えていない。写真にある顔が母親だと思っているだけである。でも、母は紗愛を分かるだろうか。別れたのは三歳の時、その時の紗愛の顔と今の紗愛の顔とはずいぶんと違っているはずである。紗愛の心配は尽きなかった。

弥生のところに佳恵から連絡が来た。

「お姉さん、紗愛ちゃんがイギリスに行くって。良かったわ。これで決まりよ。だから、お姉さんも一緒に行くんだからね。絶対よ。約束だからね」

佳恵は弥生に念を押した。弥生が一緒に行くと紗愛に言った以上、弥生には絶対に一緒に行ってもらわなければ困るのだ。

弥生は、たぶんそうなるだろうと予想していた。でも、実際にそうなると、今度は（よし、早く準備しなくちゃ）とすぐに焦りだした。休暇届けに、洋服にバッグと、それに化粧品一式と……。何ともセッカチなことである。

「じゃあ、旅行日程を早めに組んでほしいんだな。たぶん、八月とは思うけど、お姉さんは事務所に休暇申請しないといけなくてね……。あっ、私の旅費は私が出すから、お母さんにはそう言っておいてよ。それと、私のパスポートはあるから心配しないでね。じゃあ、あとはお願いね」

弥生は、淳也の願いに応えることができそうだと率直に喜んだ。そしてまた、紗愛の母親に自分も会えるかもしれないと喜んだのだった。

カメオのブローチについていろいろと聞ける可能性があるからだ。あのブローチをどこで手に入れたのか。また、あのブローチの他にあるであろうもう一つ別のブローチはどこにあるのか。本当に「劉」とは関係ないのか。ブローチにあったイヤリングの星は何を意味しているのか。ブローチを見た時に脳裏を過ったあの光景は一体何だったのか。

今度の旅行が、あのブローチの秘密に迫ることになるだろうと、弥生は期待に胸を膨らませていった。

四　英　国

弥生は、八月の猛暑日が続く日本を飛び出し、眩いばかりの青空の中をロンドンに向かって飛んでいた。渡航目的は、紗愛と紗愛の母・キャサリンとの再会である。紗愛が三歳の時に別れてから既に七年が経ち、紗愛は母の顔を覚えていない。母親の方も当時の紗愛と違う今の紗愛を見てどう反応するだろうか。果たして、今回の再会でどんな結果が待ち受けているのか、弥生の心には不安と期待が入り混じっていた。

弥生の隣の席では、紗愛と佳恵があどけない寝顔を見せていた。普段は大人じみた会話をする二人だが、まだまだ子供の顔である。また、後ろの席では祐樹とその母・久美子が静かに座っている。祐樹は自宅から空港までずっとはしゃぎ通しだったので、二人とも疲れて寝ているのだろう。東京からロンドンまでおよそ一二時間半。退屈な時間だが、寝ていればすぐに着くと弥生は思っている。

弥生は佳恵から旅行日程を聞き、すぐにA法律事務所に夏休みの申請をした。お盆を挟み土日を使っての一週間の休暇申請に、橘代表は快く承諾してくれた。長谷川先輩は、「どこかに行って来るのかな?」と聞いてきた。

「ええ、ロンドンに行って来ます。友人の家族と一緒ですが、その家族の叔母さんがロンドンに住んでいまして……、私もロンドンは初めてなのでとても楽しみです」

「ほう、ロンドンですか……、いいですね。ひょっとして、その友人とは……、彼氏でしょうか?」

長谷川はニヤニヤしながら弥生の顔を覗き込んだ。

長谷川はK大卒で、普段は理路整然と話をする頼れる先輩ではあるが、彼も男の人なんだなと弥生は思った。男の人はいつも大体こうなる。長谷川も例外ではなかった。女性の感情を想像できないのだろうか。しかし、弁護士なのだからこの発言は問題である。

「長谷川先輩、それはセクハラですよ……。彼氏ではありませんけれどね」

弥生は、やんわりと一撃をくらわした。

「ははは、ゴメン、ゴメン」

長谷川はサラッと謝ってはいたが、やっぱり分かっていないようだ。ヤレヤレである。

「では、お土産をお願いします。私もロンドンには行ったことがないので羨ましい限りです。あっ、そうだ。ヨーロッパはテロとかあるし、スリとか置き引きにも注意が必要だよ。気をつけなよ」

「ハイハイ、分かっております。ご安心を……」

弥生はそう返事をしたが、テロとは何とも物騒な話である。ロンドンでの爆弾テロについてはテレビ報道で知っているが、今度の旅は子供たちも一緒であり、何もないことを弥生は祈った。


ロンドンの空港に着いたのは現地時間の一六時半頃で、到着ロビーは大勢の人でごった返していた。ここで佳恵の叔母・綾子が出迎える予定だったが、渋滞で三〇分くらい遅れそうとのメールが久美子に届いていた。

「しょうがないわね。叔母さんが来るまでここで待つことにしましょうね」と久美子が言った。

皆、長時間の飛行に疲れ、ぐったりした表情のままロビーに設置されている椅子に座って待つことにした。日本では今は夜中の一二時半。一番眠くてだるい時間である。八時間の時差は正直、弥生にもキツイ。

弥生たちの後ろの席に、次の到着便で出て来る旅行客を待つ家族がいた。三〇代と思われる若い夫婦と就学前の二人の姉妹である。子供たちはどこの国でも元気がいい。二人は椅子の周りを駆け回って遊んでいた。紗愛も佳恵もその様子を笑顔で見ていた。何ともキュートな姉妹である。

弥生が椅子の上でウトウトとしたその時、後ろの席の夫婦が騒ぎだした。言葉は英語だが、その声は大きく、弥生にも話の概略は分かった。要は、子供二人の姿が見えないというのだ。その声に周囲の大人たちが反応し、みな心配そうな顔でその夫婦の様子を窺っていた。

父親が周辺を探して来ると言って出掛け、母親は立ったまま心配そうな面持ちで目だけで辺りを探していた。しばらくして父親が戻ってきたが、「どこにもいない」と言い、二人は焦ったような表情になっていった。

どこに行ってしまったのか。ここは大きな空港で、旅行客がひっきりなしに行ったり来たりしている場所である。子供の姿は大勢の大人の背丈で隠れてしまう状態で、弥生もだんだんと心配になってきた。あの子たちは大丈夫だろうかと。

弥生は紗愛に聞いてみた。

「紗愛ちゃん、後ろにいた子供たちが迷子になったみたいなんだけど、探せる？」

「ウン、探してみる」

紗愛はそう言って目を閉じた。

しばらくして、紗愛は言った。

「ここをずっと真っすぐ行くと駐車場に出るんだけど、今は、駐車場に向かって歩いているみたいだよ」

その言葉に衝撃が走った。なぜ、駐車場に向かっているのか。二人だけで駐車場に行くのは明らかにおかしい。弥生は半ば焦りながら紗愛に聞いてみた。

「誰かと一緒かな？　他に誰かいない？」

弥生は、誘拐を疑った。

「男の人のあとに付いていているみたい。だけど……、楽しそうに歩いているよ。知り合いなのかな？」

弥生は、瞬時にこれは危ないと思った。ひょっとしてその男に言いくるめられて後に従っているのではと推測したのである。

弥生は、思わず後ろにいる夫婦に話し掛けた。もちろん、英語である。

「お子さんたちは、向こうの駐車場の方に歩いていったようですが、ただ、男の人のあとに従っているようなので、これは危険ではないかと思います」

その言葉に、夫婦は驚きながらもあからさまに怪訝な顔をした。「なぜ分かるのか？」という顔である。弥生の言葉を疑っているのだ。そこで、弥生はバッグから名刺を取り出し、父親にそれを手渡した。名刺の裏面は英語表記となっていて、夫婦はその名刺を覗き込んだ。

「弁護士さん？」

「はい。私は日本で弁護士をしています。今からお子さんを探しに行きますので、一緒に来てください」

弥生の言葉は命令形で、有無を言わさぬ勢いだった。弥生は、早く助け出さないと危ないと思っていた。その切迫した表情が夫婦にも伝わったようだ。

父親の疑いの目は次第に消えていき、今度は弥生を信用したように見えた。名刺の力は絶大である。

「紗愛ちゃん、佳恵ちゃん、一緒に行くわよ」

弥生は、隣に佇む紗愛と佳恵に向かって言った。これは号令だった。紗愛と佳恵は、弥生の言葉の意図を瞬時に理解し、駐車場に向かって弥生と一緒に走り出したのである。

弥生は紗愛の力を知っている。佳恵も同じである。紗愛には祐樹を探し出した実績があるのだ。だから、紗愛に見えたものは間違いないと二人とも確信していた。

「早く追い付かないと……」と弥生は言った。

「二人はもうすぐ駐車場へ出るみたい」

紗愛がそう言い、それを弥生は駆けながら父親に伝えた。

すると、父親は焦ったようにスピードを上げて突っ走っていった。そのため、その後に佳恵が続き、次に紗愛、最後尾に弥生となった。弥生の息はだんだんと上がっていき、急がねばという焦りだけが弥生を襲っていた。

通路は人で溢れかえり、四人は人を掻き分け、時折立ち止まりながら、駐車場へと急いだ。駐車場への出口を出ると、父親はすぐに子供たちの名前を叫んだ。大きな声である。しかし、駐車場には車がギッシリと並び、静まり返ったままだった。姉妹がどこにいるのか全く分からず、父親の声は切なく、悲痛の叫びに聞こえる。

紗愛は、出口から出てすぐに右手の方を指した。

「あっち」

父親が今度は右手方向に走った。かなりのスピードである。すると佳恵が、

「ああ、あそこ」と叫んだ。

三〇メートルくらい先にある白いワゴン車の近くに姉妹の姿が見えた。父親は二人を見つけ、また大きな声で子供たちの名前を叫んだ。

姉妹は父親の声に気づき、振り返る様子が弥生にも見えた。間に合ったと思ったその瞬間、姉妹の近くにいた男が、今度は強引に姉妹をワゴン車に乗せようとしているのが見えた。姉妹はそれに抵抗し、男はてこずっているようだ。その様子を見て、明らかにこれは誘拐だと弥生は確信した。

父親はものすごい勢いで車に駆け寄った。そして、力一杯、男に殴りかかったのである。男は抵抗する間もなく路面に倒れ、すごい勢いで殴りかかる父親に圧倒されていた。弥生はそれを遠巻きに眺めながら姉妹の所に近寄り、二人の肩をそっと抱き寄せた。

犯人と父親が揉み合い、犯人が父親の手からすり抜けて慌てて逃げ出そうとしたその時だった。弥生は、「キャー」と叫びながらも、とっさに右足を出したのである。すると犯人はその足に躓き転んでしまい、そこに父親が再び覆いかぶさったのだった。

空港の警備員二人がその騒ぎに気づき、父親の許に駆け寄ってきた。すると、近くに

いた大人たちも何事かと近くに寄って来て、これで男の逃げ道は完全に塞がれた格好になった。

一人の警備員が携帯電話で応援を呼び、もう一人は男を取り押さえて何かを言っていた。「おとなしくしろ」とでも言ったのだろう。すると、男の抵抗はすぐに止んだ。

小さな姉妹は立ち上がったばかりの父親に抱きつき、父親は大きな腕で姉妹を抱えるように抱きしめた。

「ああ、良かった」

弥生は、父親と姉妹の姿を見ながらそう言った。

父親に泣きながら説明する姉妹の話はこうだった。

両親が椅子にもたれかかりながら寝ていたので、起こすのを悪いと思い、二人でトイレに行ったとのこと。トイレから出て来ると、知らない男の人が、

「お母さんとお父さんは先に駐車場に行っているから、連れてくるようにと頼まれた」

と二人に言ったらしい。それで、男と一緒に駐車場へ向かったとのことである。

男は、初めから誘拐目的で姉妹を騙し、駐車場まで連れてきたのだろう。ただ、駐車場に連れて来ることまでは成功したが、そこで父親に見つかり、殴られ、捕まったという顛末である。

男は複数の警備員に連れられて空港の中へと向かっていった。父親はそれに同行し、被害届を書くとのことで、弥生たちは母親の所まで姉妹を連れていくことになった。

これで一件落着となり、弥生たちと幼い姉妹は到着ロビーへと戻っていった。紗愛と佳恵は姉妹と手を繋ぎ、二人は束の間のお姉さん気分を味わっていたが、弥生は、駐車場まで走ったせいで、疲れがドッと出てきていた。また、そのせいか右膝と右足首に少し痛みを感じていたのである。

弥生は、楽しそうに前を歩く紗愛と佳恵を見てそう呟いた。

「もう、私、トシかも……」

到着ロビーに戻ると、母親が姉妹を見つけ、急いで駆け寄ってきた。そして、何も言わずに二人を抱きしめたのだった。母親の顔には安堵の表情が見てとれた。気が気ではなかったに違いない。ただ、姉妹にはその理由が分からないのか、照れくさそうに笑っているだけだった。

弥生は、駐車場での騒動について母親に説明し、父親はすぐに戻るだろうと伝えた。すると、今度は「ありがとうございます」と言いながら弥生をハグし、続いて佳恵と紗愛にも順にハグしたのである。感謝の気持ちからだろうが、弥生たちは慣れないハグに明らかに照れていた。

母親は、ベッキー・フランクと名乗り、弥生たちに何度も礼を言っていた。ハグされた時、弥生はベッキーから発せられる何か温かいものを感じ取っていた。母親としての感情なのか、それともそれとは違うものなのか、それは分からなかったが、不思議な感覚が弥生の心に残った。


そこに、佳恵の叔母の綾子が現れた。綾子は、

「お待たせ……。ゴメンね、遅れてしまって」と言って子供たちに謝った。

「疲れたでしょ……。あーら、佳恵ちゃんも祐樹君も大きくなったわね。元気だった?」

「はい、元気です。叔母さんも元気そうですね」と佳恵が言った。続いて、

「叔母さん、俺も元気だよ」と祐樹が言い、それを聞いてみんな笑った。

「祐樹君、オレ、になったんだね。二年生だからかな?」

「祐樹は一年生の二学期からこうなのよ。ホント超生意気なんだから……」

と言い、佳恵は祐樹のおでこを突いた。

「こちらが鈴木紗愛ちゃんで、こちらが北条弥生さん。紗愛ちゃんは佳恵の同級生で、北条さんは弁護士さんなの。二人とも祐樹の命の恩人なのよ」

久美子は二人をそう紹介した。それを聞いて、紗愛も弥生も照れくさそうな顔をし、

「よろしくお願いします」と言って頭を下げた。

その後みんなは綾子の車がある駐車場に向かい、空港から無事に出ていったのだった。

夕闇迫るロンドンの街は綾子が言っていたようにひどい渋滞で、車の列がずっと遠くまで続いているのが見えた。その中をゆっくりとしたスピードで車は進んでいった。

弥生たちは、ロンドンには三泊の予定である。明日は、紗愛の母・キャサリンのいる病院へ行く予定で、次の日は遊園地、そして最終日は大英博物館の見学と市内観光と決めていた。

綾子の家は空港から渋滞がなければ四〇分の距離とのこと。ロンドンの郊外にある大きな庭付きの家で、日本では考えられない造りだった。綾子夫婦には子供がなく、そこに夫婦二人で暮らしているとのことである。

「今晩は、庭でバーベキューパーティよ」と綾子が言い、佳恵と祐樹は「ヤッター」とはしゃぎだした。

「祐樹君、今日はおじさんが外でお泊まりだから思いっきり騒いでも大丈夫よ」

綾子がそう言うと、祐樹は満面の笑みで「ＯＫ」と言って、右親指を立てた。

庭でバーベキューを楽しんでいる時に弥生は綾子に聞いてみた。

「ロンドンに来られてどれくらい経つんですか?」

「三年よ。来た時は右も左も分からず苦労したけど……、でも、半年も経たないうちに慣れてきてね。この辺には日本人の方が意外に多いのよ。心強かったわ」

「ご主人はどちらにお勤めなんですか?」

「S社のロンドン支店よ。事務所が駅前のビルだから近くて便利なの。今日は出張ですって」

するとと、「S社……、ですか」と、紗愛が反応した。

「確か、私の父はS社だったと聞いています。ロンドンにいた時に母と出会って結婚したって祖父が言っていました」

「へえー、そうなんだ……。じゃあ、おじさんがお父さんのことを知っているかもしれないわね」

「でもね、紗愛ちゃんのお父さんは三年前に亡くなったのよ……」と久美子が説明した。

「えっ、そうなの? それは可哀想に……」

「それにね、お母さんはイギリス人なんだけど、七年前に離婚していて、紗愛ちゃんは今、おじいちゃんと暮らしているの。お母さんはご病気で、今は入院しているんですって。それで明日、お母さんの病院にお見舞いに行く計画にしているのよ。白血病らしいわ」

「へえー、そうなんだ……。それで、何ていう病院か分かっているの？」

「はい、リッチモンドにあるA病院です。祖父が調べてくれました」

「そう……。A病院なら、ここから車で五〇分もあれば行ける距離よ。明日は私の車で行きましょう」

「ありがとうございます」

そう言って、紗愛は頭を下げた。


しばらくして、綾子がリビングの方からみんなに声を掛けてきた。それは大きな声だった。

「みんな……、早く来て。テレビにみんなが映っているわよ。早く、早く」

綾子はテレビの前にみんなを呼び寄せたのである。興奮しながら話す綾子の説明はこうだった。

ロンドン空港で女児誘拐未遂事件があり、それがニュースで報じられているとのこと。そして、その犯人が取り押さえられる瞬間の防犯カメラの映像が流れ、そこに弥生や佳恵、そして紗愛が映っているとのことだった。

ニュースの解説では、日本から来た旅行客の女の子三人が犯人逮捕に協力したと伝え

郵 便 は が き

料金受取人払郵便

新宿局承認

3971

差出有効期間
2022年7月
31日まで

(切手不要)

160-8791

141

東京都新宿区新宿1－10－1

(株)文芸社

愛読者カード係 行

ふりがな お名前		明治　大正 昭和　平成　　年生　　歳
ふりがな ご住所	□□□-□□□□	性別 男・女
お電話 番　号	(書籍ご注文の際に必要です) ご職業	
E-mail		
ご購読雑誌(複数可)		ご購読新聞 新聞

最近読んでおもしろかった本や今後、とりあげてほしいテーマをお教えください。

ご自分の研究成果や経験、お考え等を出版してみたいというお気持ちはありますか。

ある　　ない　　内容・テーマ(　　　　　　　　　　　　　　　　　　)

現在完成した作品をお持ちですか。

ある　　ない　　ジャンル・原稿量(　　　　　　　　　　　　　　　　　　)

書　名			
お買上 書　店	都道　　　　市区 府県　　　　郡	書店名	書店
		ご購入日	年　　月　　日

本書をどこでお知りになりましたか?

1.書店店頭　2.知人にすすめられて　3.インターネット(サイト名　　　　　　)

4.DMハガキ　5.広告、記事を見て(新聞、雑誌名　　　　　　)

上の質問に関連して、ご購入の決め手となったのは?

1.タイトル　2.著者　3.内容　4.カバーデザイン　5.帯

その他ご自由にお書きください。

(　　　　　　　　　　　　　　　　　　　　　　　　　　)

本書についてのご意見、ご感想をお聞かせください。

①内容について

②カバー、タイトル、帯について

弊社Webサイトからもご意見、ご感想をお寄せいただけます。

ご協力ありがとうございました。

※お寄せいただいたご意見、ご感想は新聞広告等で匿名にて使わせていただくことがあります。

※お客様の個人情報は、小社からの連絡のみに使用します。社外に提供することは一切ありません。

■書籍のご注文は、お近くの書店または、ブックサービス(0120-29-9625)、セブンネットショッピング(http://7net.omni7.jp/)にお申し込み下さい。

ていた。そして誘拐を未遂で防げたのは彼女たちのおかげであるとのことだった。

その映像は、繰り返し流れていた。そこには、確かに弥生、佳恵、紗愛の姿があり、弥生が足を出して、犯人がひっくり返る場面も映っていた。三人を知る人が見れば、すぐに誰なのか分かる映像である。ただ、テレビでは弥生たちの名前は語られていなかった。

「すごいな、姉ちゃん。俺もテレビに出たかったなあ」

「あの時、あんたは寝ていたでしょ、グーグーとね。残念でした……」

「でも、どうやって犯人を見つけたの？」と、綾子が聞いた。

「あれはね、紗愛ちゃんのおかげなんです。でも、まさかテレビに出るとは思わなかったわ」

紗愛の超能力については、久美子も祐樹も知っている。知らないのは綾子だけである。

「やっぱりね」と祐樹が言った。

久美子は、祐樹の誘拐事件の時にも紗愛が祐樹を探し当てたことを綾子に伝え、紗愛の力は本物であることを強調した。紗愛は、「それほどでも……」と照れていたが、綾子は目を丸くして驚いていた。

「でも、女の子三人とはね……。私も女の子ってことでしょ。レディなんだけどな

「……」

弥生は不満顔だった。弥生の身長は一六〇センチメートルで、佳恵と紗愛は約一五〇センチメートル。やはり、イギリス人にとっては弥生の身長は女の子のサイズなのだろうか。

するとと佳恵は、

「私たち、正義の味方、スリーガールズよ」

と言って、テレビアニメのようなそれらしいポーズを決めたのだった。しかし祐樹は、

「三匹の子ブタじゃねーの？」と言い、急いでその場から立ち去っていったのである。

すると佳恵は、

「こら、ユウキ、待てえ……」

と言いながら、祐樹を追い掛けていったのだった。

みんなの笑い声が響く中、いきなり弥生のスマホが鳴り出した。弥生は慌てて電話に出た。

「はい、北条です」

電話の相手は、英語で捲し立ててきた。あまりに早い話し方だったのでほとんど聞き取れず、弥生は綾子に電話を代わってもらった。

綾子によると、電話の相手はロンドン警視庁とのこと。

その内容は、父親が日本人女性から名刺を受け取っていたので、その名刺にあった番号に掛けたとのことである。それでもし、この名刺の方に間違いなければ、ロンドン警視庁として感謝の印として後で表彰させてほしい。ただし、事件の全容がまだ解明されていないので、捜査が落ち着いてからとのことだった。弥生はそれに対し、「イエス」と答えた。

翌朝の六時頃に弥生のスマホが鳴った。相手は、A法律事務所の長谷川だった。

「はーい、北条です。何かありましたか?」

弥生は、起きがけの電話でまだ眠く、あくびが止まらなかった。

「おい、大変だぞ。北条がテレビのニュースに出ているぞ」

「ああ、それね」

「それね、ってことはないだろう。これは大変なことだよ。お前、有名になったんだぞ」

「私、今、ロンドンにいまして、朝の六時なんですけど……、まだ寝かせてほしいんですが……」

「そんなこと言っている場合じゃないだろう」

「でも、名前は出ていないでしょ」

「それはそうだけど……、でも、映像を見ればすぐに北条だと分かるさ。どうしようか……、ここに電話が来た場合?」

「その時は、私は休暇中って言ってください。あとはよろしくお願いします」

そう言って弥生は電話を切った。しかし、これで日本でもあの映像が流れたことを知った。

(あーあ、面倒なことになった)

長谷川からの電話が終わって、二〇分くらい経った頃だった。今度は母親からだった。

「弥生、あんたテレビに出ていたわよ」

「ああ、知っている」

「ロンドンは危ない所なんでしょ。大丈夫なの?」

「大丈夫よ。安心して」

「それならいいけど、早く帰っておいでね。心配だから……。くれぐれも危ないことはしないでよ」

「分かっているって。じゃ、またね」

長谷川と母からの相次ぐ電話で、弥生は日本に帰ったら大変な騒ぎになっているのかも、と少々不安になった。

弥生たちは、綾子の車でリッチモンドにあるA病院へ向かった。その日は朝から快晴で、車はロンドンの街並みを眺めながら進んでいった。市街地の混雑ぶりは東京とあまり変わらないが、ただ石造りのビル群や二階建てバスと行き交うのが違う点である。また、道行く人たちの服装は割と派手な原色使いが多く、日本より華やかに見えた。ロンドンも季節は夏である。

病院の駐車場に車を停め、車から出た時だった。紗愛が、「なんか怖い」と言った。弥生はその言葉を以前にも聞いていた。七年前に別れた母親に会ってどうなるのか心配なのだろう。紗愛には三歳の時の母親の記憶はなく、ただ当時の写真があるだけである。母親は紗愛を見てどう反応するだろうか。紗愛の思いが弥生にも容易に想像できる。そんな紗愛に弥生は、「大丈夫よ。私が付いているから」と言い、紗愛の肩をそっと抱き寄せた。

A病院は大きな建物で、大勢の人が出入りしていた。弥生は早速、一階にある案内所でキャサリンの病室を尋ねた。すると、南病棟の六二五号室との案内だった。エレベーターで六階に上り、一行は六二五号室に向かっていった。祐樹も含め皆静かに廊下を歩いた。

病室前に来て、紗愛が言った。

「ここにはいないみたい」

まだ中を確認する前だったが、紗愛には分かるのか。

病室の扉は開放されたままなので、弥生が病室を覗き込んだ。そこは四人部屋で、窓際の右側のベッドがキャサリンの居場所のようである。

ベッドの近くまで行きカーテンを少しだけ開け、中を覗くとそこには誰もいなかった。

「ああ、いない」と弥生は言った。紗愛の言った通りである。

「どこに行ったのかしらね?」と久美子が小さな声で呟いた。すると紗愛は、

「たぶん、病院の外。中庭があって、今、ベンチに座っていると思う」と言った。

皆、その言葉に驚いた。どうして瞬時に分かるのか。紗愛の頭の中ではそう見えているのだろうけれど、これが紗愛の実力か。写真の人物が今どこにいるのか、紗愛なりに頭の中で探しているのだろう。

弥生は、六階のナースセンターでキャサリンの居場所を聞いてみた。

「たぶん、中庭じゃないかしら。今日はいい天気ですからね。彼女はこの時間はいつも

そうなのよ」
　またしても、紗愛の言った通りである。
　一行は、ナースに教わった通り一階まで降り、中庭への出口へと向かった。出口まで
くると、
「たぶん、あそこに座っている人がお母さんだと思う」と紗愛が言った。
　確かに、庭の中ほどに白いベンチがあり、そこにパジャマにガウンを羽織った女性の
姿があった。その女性はただベンチに座り前方をジッと見つめているだけである。もち
ろん、その女性の顔を確認できる距離ではない。中庭は広々とし、その中央には花壇が
広がっていて、何人かの患者と見舞客の姿が見えていた。
　紗愛は、「じゃ、行って来る」と言った。
　一緒に行くのは弥生だけである。他のみんなは病院の中で見守ることにした。
　紗愛は既に意を決したように、ベンチに座っている女性をジッと見つめたまま先頭を
歩いていった。歩道はコンクリートでできていて、歩きやすくなっていた。
　途中まで行くと、ブロンドの髪を肩まで伸ばした女性がこちらに振り向いた。何かを
感じ取ったのだろうか。じっと、紗愛を見つめているように弥生には見えた。紗愛とそ
の女性はお互いに見つめ合っているようである。その距離約五メートル。

紗愛は、ゆっくりとだがしっかりとした足取りでその女性に近づいていった。紗愛の目には、恐らく涙が溜まっているのだろうと思われる。期待と不安、そして母への思いが入り交じった涙に違いない。その女性は、紗愛の表情を感じ取ったかのように、突然、驚いた顔を見せた。そして、

「サラ?……」

と小さく呟いた。歩み寄って来る女の子が紗愛と分かったのだろうか。それとも、紗愛であってほしいとの願いなのか。紗愛は、

「お母さん?」

と小さく言った。それは日本語だった。紗愛は、目の前にいる女性が母親と思っていても、本当にそうなのか自信がないのだろうか。紗愛は、その女性の目の前で立ち止まり、その女性を見つめたまま、

「鈴木紗愛です」と言った。

今度はしっかりとした声だった。すると、女性はベンチから立ち上がり、

「紗愛、紗愛なの?……」

と驚いた顔を見せたかと思うと、勢いよく紗愛を強く抱きしめたのである。その瞬間、女性の目から大粒の涙が溢れ出した。そして、

「おお、神よ」との声を発したのだった。

紗愛も「お母さん」と言いながら涙を流していた。

やはり七年は長い。この長い年月の間にお互いにどれほど会いたいと思ったことだろう。キャサリンにとって、三歳の娘を日本に残して英国に戻ることがどんなに辛いことだったか。紗愛も三歳で母と別れることがどれほど心細かったか。弥生にも、二人の思いがヒシヒシと伝わってくる。二人を見ながら弥生も耐えられずに大粒の涙を流した。

中庭の出入り口付近にいた久美子、佳恵、祐樹、そして綾子も二人の姿を見て、それぞれに涙を流していた。

「良かった」と佳恵が言い、久美子も「そうね」と言って佳恵の肩を抱き寄せた。祐樹は「ヨシッ」とガッツポーズを決め、それでみんなは笑顔になった。

二人にとって、語り合うこと以上に抱き合うことの方が何倍も大事なのだろう。それで七年間の空白を埋めるのだろう。まるで、抱擁がこれまでの我慢や辛さでできた氷の塊をゆっくりと溶かしていくようだった。


しばらく抱き合ったあと、紗愛が弥生を紹介した。紗愛の顔には、何層にも折り重なっていた不安の影はすっかりなくなり、希望と喜びの光が差していた。

「こちらは日本から一緒に来ていただいた弥生さんです」

「北条弥生です。よろしくお願いします」

「私の大好きなお姉さんで、弁護士さんです」と紗愛が補足した。

「これは、いつも紗愛がお世話になっております。私はキャサリン・ホワイトと言います。日本語少しだけ分かります」

キャサリンは涙を手で拭いながら言った。

彼女の顔立ちは紗愛に目元と鼻筋が似ていた。やはり親子である。しかし、どこか見覚えのある顔だと弥生は思った。でも、どこで見たかは思い出せなかった。

「向こうに、日本から一緒に来たお友達のご家族がいます」と言って紗愛は、中庭の出入り口を指差した。

するとキャサリンは、出入り口方向を見つめ、その姿を確認し軽く会釈した。それはまるで日本人の仕草だった。

キャサリンは紗愛の手を取り、

「紗愛は大きくなったわね。もうすぐ一一歳よね」と言った。

紗愛は「ウン」と言って頷いた。その声は何やら母親に甘える子供の声に聞こえる。

キャサリンの目にまた涙が溜まってきた。我が子が大きく成長した姿を目にし、喜びとともに一緒に過ごせなかった七年間の寂しさや悔しさが混在しているのだろう。

「お父さんやおじいちゃんは元気なの？」

これは予期していた質問だった。紗愛は、

「おじいちゃんは元気です。でもね、お父さんは……、実は三年前に亡くなったの」

と、明るく答えた。紗愛はそう言おうと決めていた。

すると、キャサリンは驚いた顔をした。そして、聞き間違いかというような不思議な表情を見せた。

「お父さんは心臓の病気だったの。だから、今、紗愛はおじいちゃんと暮らしているの」

紗愛は、母の信じられないとの表情を見て、とっさにそう言ったのだった。

キャサリンはそれを聞いた途端、「ああ……」と言って力なくベンチに崩れた。

何ということか。淳也がこの世にいないとは。日本を離れて七年。その間にそんなことがあったとは思いも寄らなかった。キャサリンはあの時、自身の病気のせいで淳也に迷惑を掛けたくないと思った。仕事の他に、子育てと看病の両方は彼には無理だと。だから、日本を離れた。それが……、こんなことになろうとは。

弥生にはキャサリンの思いがまるで聞こえるようだった。

キャサリンは悲しく祈るような目で天を仰いだ。無念の思いだろう。今度は神を呪うのだろうか。

しばらくして、キャサリンは紗愛の肩を両手で抱え聞いた。

「紗愛は大丈夫なの？　学校はちゃんと行っているの？　お父さんがいなくて寂しくない？」

「紗愛は大丈夫だよ。おじいちゃんがいるから……」

と、紗愛は明るく答えた。これも前もって準備していた言葉である。

「お母さんの病気が治ったら、日本に来てよ。一緒に住もうよ。紗愛がこっちに来てもいいけど、おじいちゃんがいるから……。できれば日本がいい。でも、ロンドンでもいいよ。だから、早く病気を治して。お願い」

紗愛は、気丈にもそう言った。これも準備していた言葉である。

「紗愛ちゃん、ありがとう。分かったわ。じゃあ、早く治さないとね」

紗愛を見つめながら、目に涙を溜めたままキャサリンは笑顔を見せた。それは、今度こそ自分が紗愛を守らねばとの決意のようである。

紗愛は、おもむろに肩に掛けていたバッグから、ハンカチで包まれているものをゆっくりとした動作で取り出し、それを母に見せた。

「これ、覚えている？」

紗愛が手にしているカメオのブローチは美しいピンク色に輝いていた。

キャサリンはそれを受け取り、最初は驚いた顔を見せた。しかし、次第に懐かしそうな表情に変わり、それを両手で包んだのだった。

「これはね……、紗愛が大きくなったら渡してほしいと、私がお父さんに頼んだものよ」

キャサリンは、当時を思い出すかのように花壇の方に目をやった。淳也の顔を思い出しているのだろうか。しかし、そうではなかった。

「これは私のお母さんからもらったものだけど……、実はこれと同じものが別にもう一つあってね、それを私の妹が持っているの。妹のものと私のものとが合わさると蝶の形になってね、それはとても綺麗なものよ。私たち姉妹はそれを我が家の宝物と思っていたわ。

でもね、私の両親が離婚して、私は母と暮らすことになり、妹は父と暮らすことになってね、だから今は離れ離れなの。別れの時、これを私と妹で一つずつ持つことになってね、二つで一つという意味があるから、いつかきっとまた会おうねって約束したの。もう三〇年も前のことよ。

でも、その妹とはそれ以来会ってないの。今、どこに住んでいるのかも分からないけれど、きっと妹も、もう一つのカメオを大事にしていると思うわ」

なんと、突然にキャサリンの過去が語られたのである。三〇年も前にあった悲しい話である。キャサリンはそのことを今もずっと引きずっているのだろう。

「へえー、そうなんだ。じゃあ、これはとっても大切な物なんだね」

紗愛も驚いたように言った。

「そうよ。だから、紗愛も大事にしてね」

「ウン、分かった。大事にする」

紗愛の言葉にキャサリンはただ黙って頷くだけだった。妹と会える日がまた来るのか、それとも儚《はかな》い希望に過ぎないのか。きっと、キャサリンは後者だと思っているに違いない。

「それとね、これにはちょっとした秘密があってね……、ここにお星様があるでしょ。耳の所。ほら、ここよ。これには願いが叶う魔法がかけられているのよ。私のお母さんがそう言っていたわ。確か、その魔法の言葉は『ジュラ』だったかな。それを三回唱えて願い事を言うとね、お星様がその願いを叶えてくれるの」

「へえー、『ジュラ』って三回言うんだね」

「魔法」とは俄かに信じられない子供じみた話だが、紗愛は信じたようだ。

弥生は、このカメオには何かがあると思っていたが、願い事が叶うとは思いも寄らなかった。まるでおとぎ話である。イギリスには、妖精だの魔法だのと、その類《たぐい》の話はたくさんあるのを弥生も知っている。キャサリンも子供の頃はそんな話を信じていたに違いない。だから、妹とまた会える日が来ることを今も願っているのかもしれない。

弥生は、その話を聞いて「魔法」という言葉に反応した。それはまるで、頭の中を電気が一瞬に駆け巡るような感覚だった。弥生は、以前に夢に出てきた女性を思い出したのである。山の中にいたその女性は、弥生の持っていたオカリナを手にし、まるで魔法のようにオカリナから煙を出したのである。その女性は、確かブロンドの髪を肩まで伸ばしていた。そして、彫りが深く鼻筋が通っていた。今のキャサリンと同じように。そう思った瞬間、弥生の体に鳥肌が立った。

弥生は、キャサリンに思い切って聞いてみた。

「実は、お聞きしたいことがあります。よろしいでしょうか?」

キャサリンは不思議そうな顔をし、小さく「ええ、何でしょうか?」と答えた。

「紗愛ちゃんは、実は特別な力を持っています。普通では考えられない力です」

弥生は、紗愛が以前に言っていた遠足のこと、かくれんぼのこと、そして弥生も体験した祐樹の誘拐事件のことを語ったのだった。

「探し物が見えるというか、まるで意識が体を飛び出して、探して来るようなんです。ですので、その理由というか、なぜそうなるのか、何か心当たりはありませんでしょうか？　もしかして、このカメオと関係あるのではと思いまして……」

弥生が一番聞きたかったことである。

キャサリンは、弥生の質問に初めは驚いた表情を見せていたが、だんだんとそれが消えていった。

「紗愛が、ですか……。そうでしたか……」

キャサリンはそう言って一呼吸置いた。

「実は、私の母も不思議な力を持っています。母は今、ロンドンの郊外に一人で暮らしていますが、私は子供の頃、いつも母に驚かされていました。学校に忘れ物をした時や、友達から借りた本をなくした時や、家の鍵を私がどこかに落とした時とか、いつも母が見つけてくれました。あの時は、どうして分かるのか不思議でなりませんでした。それで、母に聞いたことがあるんです。どうして分かるのかって。すると、母の答えは簡単でした。頭の中に目当ての場所が浮かんでくるんですって。不思議ですよね……。今、あなたのお話を聞いて、紗愛も母と同じなのかなと思いました。紗愛は母の血を引いたのかしらね」

キャサリンは遠い昔を思い出すように遠くの空を眺めた。そして、

「母は、新婚旅行で行った香港でこのカメオを買ったと言っていました。このカメオにはやはり何か特別な力があるのかもしれませんね。それと、母がもう一つ言っていました。『思いは通じるのよ』って。たぶん、自分の思いや願いは相手に届くということでしょうね。こうして紗愛に会えたのも、これを通して、私たちの願いが届いたのかもしれませんね」

キャサリンはそう言ってまた涙ぐんだ。

紗愛の力は紗愛の祖母譲りということか。確か、占い師の弘樹の霊能力も祖母譲りと言っていた。脳の構造が祖母と似ているからなのか。

紗愛には、きっと祖母譲りの「探し出す」という潜在的能力が備わっていたのだろう。それがカメオによって顕在化したのかもしれない。弥生の場合は祖母から形見としてもらった象牙の球によるものだった。それで、脳のどこかのスイッチがオンになったと思っている。それ以来、弥生の感受性が高まり、いろんな情報が脳の中に飛び込んでくるようになったのだと。

四年前に「劉」の文字が彫られた球の謎の解明のため、マレーシアに住む劉紅華を江

藤修二と共に訪れた時、彼女はそのことを「イマジネーション」と言って説明していた。紅華の育ての父である劉氏の作品により、「その人の本来持っている力が顕在化したのでは」と。

ひょっとして、紗愛もそうなのか。そうすると、このカメオも劉氏の作品である可能性が高いということだ。カメオには「劉」の文字はなかったが、これも劉氏の作品なのではないだろうか。

その後、弥生は紗愛とキャサリンをその場に残し、病院内に戻っていった。母娘水入らずの時間を作るためである。弥生は、淳也との約束を果たすことができて満足していた。きっと、淳也もどこかで喜んでいるに違いない。

久美子は弥生の顔を見るなり「良かったわね」と言ってほほ笑んだ。そこにいた佳恵、祐樹、綾子の顔はみな既に笑顔になっていた。

すると突然、佳恵が弥生の腕を抱えながら、離れた場所に連れ出したのである。

「ねえ、どうでしたか？　カメオの秘密について聞いたんでしょ。私にも教えて」

佳恵も気になっていたようだ。

「じゃ、後でね。今は、ほら、みんないるし……」

「ああっ、もう、じれったい」

佳恵は、すごくもどかしそうに顔を歪めた。

その時、弥生のスマホが鳴った。

「はい、北条ですが……」

電話の相手は、地元の新聞社名を名乗った。用件は、昨日の誘拐未遂事件についての取材の要請だった。弥生は瞬時にそれを断ったが、これは面倒なことになったと思った。

（ああ、どうしよう……）

つまり、新聞社に弥生の名前と連絡先が伝わったということである。警察か、または空港の警備会社から名刺に書かれていた情報が漏れたのだろう。ということは、これから弥生に対し、事件に関する問い合わせがいろいろな所から来るかもしれないのである。問題は、報道陣に聞かれた場合、何と説明するかだ。紗愛の持つ超能力については、決して明かすわけにはいかないのだ。

第二章

一　連鎖

東京はお盆を過ぎたというのに、うだるような暑さがまだ続いていて、弥生は額に汗を滲ませながらA法律事務所のドアを開けた。

「ただいま戻りました。ロンドンから昨日、帰って来まして……」

弥生はそう言って、ビッグベンの絵が描かれたチョコの箱を長谷川に渡した。

「ああ、お帰り、お土産ありがとう。で、ロンドンはどうだった？　大変だったみたいだな……」

長谷川は、誘拐未遂事件のことを聞いてきた。そして、

「いやー、あれ以来ほとんど事件の報道がなくてね……、問い合わせは結局ゼロで、気を揉んで損した感じ」

と、今度は何かガッカリしたように言った。弥生はそんな長谷川に、

「でも良かったわ。問い合わせが来るといろいろと面倒だし……」と、そっけなく返した。

「しかし、テレビに出るとはね……、なんでそうなったんだ？」

「偶然ですよ。偶然。事件現場に偶然居合わせて……、それで犯人を追っ掛けただけです」

「でも、よく犯人を捕まえることができたねえ」

「誘拐されたお子さんのお父さんが近くにいたんです。それで、お父さんに伝えたってわけです。そうしたら、お父さんが血相を変えて犯人を追い掛けていって、殴りかかって、それは、すごい剣幕で……」

弥生は、できる限り話をシンプルにし、殴りかかる場面は強調して身振りを加え説明した。そうやって、何とか長谷川をはぐらかそうとした。決して、超能力のことは言えないのだ。

「偶然ねえ」

と言いながら、長谷川は合点がいかない顔をした。

日本であまり話題にならずに済んで本当に良かったと、長谷川の話を聞いて弥生は安

からである。

堵した。日本で事件のことが騒ぎになったとしたら、それはそれで大変になったと思う

しかし、日本に戻って五日後のことだった。弥生が事務所でＰＣに向かっている時に、弥生のスマホが鳴った。

「はい、北条です」

「こちらは、ロンドンにありますＤＴ社と申しまして、週刊誌を発行している者ですが、ホウジョウ・ヤヨイ様でしょうか？」

ぎこちない日本語を使う女性の声が聞こえてきた。

「はい、そうですが……」

弥生は、そう返事をしたものの、相手がどういう人物か分からず不安になった。ロンドンというからには、事件がらみなのは明らかだ。

「先日ロンドンであった女児誘拐未遂事件のことでお話を伺いたいのですが、ヨロシイのことでしょうか？」

その声は、中国風のイントネーションだった。

「それについては、私は何も存じ上げません。人違いだと思います。では、失礼いたします」

「ああ、ちょっとマッテクダサイ。あの時、あなたはなぜ犯人が駐車場にいると分かったのでしょうか？　そのへんのところを伺いたいのですが……、チョットだけでいいのでお話を聞かせてください」

と、相手は食い下がった。

「私は、とにかくその事件とは関係ありませんので……。では、失礼します」

そう言って、弥生は強引に電話を切った。そして電源も切った。次の日も、同じ電話番号から電話が掛かってきたが、弥生は電話に出なかった。何ともシッコイ相手である。イギリスでは、まだ事件の余波が続いているようだ。


その翌日に、インドネシアに住む劉清夏からメールが届いた。それは、弥生が日本に戻ってすぐに、清夏に問い合わせをした件での返答だった。

弥生は、紗愛の持っているカメオに見覚えがないかどうか、劉紅華に聞いてもらえないかと頼んでいたのである。その理由は、それを持っている女の子に不思議な力があり、弥生としては、そのカメオが関係しているのではないかと考えているからと伝えた。それで、そのカメオが劉氏の作品かどうか、確かめてほしいと。そのため、メールにはカメオの写真を添付して送ったのだった。

劉清夏は紅華の孫娘で、現在はインドネシアで看護師をしている。彼女は以前、日本に二年ほど研修留学していたので日本語が堪能だった。

「劉清夏です。ご無沙汰しております。弥生さんはお元気そうで何よりです。

お問い合わせいただいた件ですが、祖母はこのカメオに見覚えがないと言っておりました。仮に、曾祖父の作品だったとしても、祖母が香港からバンコクに結婚して移ったのが二四歳の時でしたから、それ以降に作られた可能性もあります。お力になれず申し訳ないと祖母が言っておりました。

また、生きているうちに日本へ、弥生さんに会いに行きたいと言っておりまして、その折には富士山に登ってみようかとも言っておりました。祖母は、相変わらず元気にしております。では、またいつかお会いできることを楽しみにしています」

紅華はカメオに見覚えがないとのことだが、劉氏の作品である可能性がなくなったわけではない。弥生としては、九〇パーセントくらいの確率で、あのカメオは劉氏の作品だと思っているのだ。

紗愛はロンドンから戻り、俄然、元気が出てきていた。母親と会えたことで、ひとりぼっちの寂しさから解放されたのが理由のようだ。

紗愛の思っていた通り、母は美人だった。そして、写真の頃よりは今の方が紗愛の顔立ちに似ていることも嬉しかった。父がいないことに変わりはないが、これまであった漠然とした不安はかなり消え、生きる支えのようなものがドシッと紗愛の心の中で根を張った感じがしていた。

また、母が紗愛に残したカメオに秘密があったことも嬉しかった。母は、カメオにあるお星様のイヤリングは願い事を叶えると言っていた。だから、母に会いたいという願いをこのカメオが叶えてくれたのだろう。紗愛はカメオに感謝し、そしてまた、カメオを見つけるきっかけを作ってくれた弥生にも感謝していた。


二学期が始まってしばらく経った頃に、紗愛宛てに母・キャサリンから手紙が届いた。紗愛は喜び、すぐに開封した。

「愛する紗愛へ」と始まる文言を見て、紗愛はそれだけで涙が出てきた。同時に、病院で見た母の顔が勢いよく脳裏によみがえった。手紙には、書き慣れていないと思われる自筆の日本語がたくさん並んでいた。一生懸命、日本語を思い出しながら、そして辞書を引きながら、紗愛に伝えたくて書いたに違いない。

七年もの長くて辛い年月を母も自分と同じように過ごしたのだろうと思うと、紗愛の心は締め付けられるようだった。母の思いが凝縮されている手紙を読み終え、紗愛はカメオを握りしめながらまた会いたいと強く願った。

手紙には、「体調が良い時に、日本へ会いに行きますよ」とあった。そして、「お父さんのお墓に行き、おじいちゃんにも挨拶したい」と書いてあった。「それがいつになるかはまだ分かりませんが、近いうちには、きっと」と書かれていたので、紗愛は嬉しくなった。

また、「おじいちゃんによろしくお伝えくださいね」とあったので、紗愛は早速、祖父に手紙を見せた。

「おじいちゃん、お母さんから手紙が来たよ。日本へ来るって……」

そう言って、紗愛は笑顔で祖父に手紙を渡した。すると、祖父も急いで手紙を開いた。祖父は、手紙を読みながら目を赤くしていた。手紙はかつて父の所にもいくつか来ていたらしい。しかし、病状の悪化とともにそれが途絶えていったのだと祖父は紗愛に説明した。だから、祖父は両親のいない紗愛を支えるのに必死だったに違いない。二人の代わりに自分が何としても育てるのだと。あれから数年が経ち、やっと今日の日を迎えることになったのである。祖父にも、いろいろな思いが行き交っているのだろう。

紗愛は、学校からの帰り道、佳恵にも母からの手紙のことを伝えた。

「実はね、お母さんから手紙が来てね、今度、日本に会いに来るんだって」

「えっ、マジで？　すごいジャン。じゃあ、来たら歓迎会をやろうよ。みんなでさ」

「でも、まだいつになるかは決まっていないんだよね」

「でも、良かったじゃない。病気が良くなっているってことだから。早く来るといいね。私も待ち遠しいな……」

佳恵もウキウキした表情で一緒に喜んでくれた。それで、紗愛の期待は一気に膨らんでいった。

「紗愛はね、今度、英語を勉強しようと思って……。お母さんと英語で話せるようになりたいからね。だから、英語教室に通おうと思っているんだ」

紗愛は目を輝かせながら言った。

「えっ、そうなの？　じゃあ、私も習うよ。一緒に行っていい？」

「いいよ。紗愛もその方が心強いし。でも、話せるようになるには猛勉強しなくちゃね」

「そうだね。よおし、頑張るぞ……」

佳恵も俄然、やる気になったようだ。

そして、弥生にも紗愛から連絡が来た。

「お姉さん、お母さんから手紙が来てね、今度日本に来るんだって」

その声は弾んでいた。

「えっ、ホントに……。良かったじゃない。じゃあ、私も会いに行っていいかな？」

「はい、ぜひお願いします。佳恵ちゃんたちと一緒に歓迎会やるからね、約束よ。絶対来てね。それに、今度、佳恵ちゃんと英語を習いに行くことにしたの。すごいでしょ。お母さんと英語で話そうと思ってね」

弥生には、紗愛の喜ぶ顔が見えるようだった。


それから数日経って、弥生にベッキー・フランクと名乗る人物からメールが届いた。もちろん、それは英語で書かれたものである。弥生は、ベッキー・フランクとは一体誰だろうかとしばらく考えた。そしてやっと、あの姉妹の母親だと思い当たった。あの時、空港で名刺を渡したことを思い出したのである。

「先日は、ロンドン空港で娘たちを助けていただきありがとうございました。あの時は気が動転していたため、お礼も言えずに申し訳ありませんでした。ちょうど、日本への旅行を考えていたところでしたので、今度日本に行った折には、ぜひお会いしてお礼を言いたいです」

また、そのメールには、日本へ行くのは一〇月下旬とあり、時期が近づいたら改めて連絡すると記されていた。

弥生は、あの時の可愛い姉妹の顔を思い浮かべながらロンドンでのことを思い返した。あの事件は紗愛がその場にいたから未遂で終わったものの、もしあの時、紗愛がいなかったらこうはならなかっただろう。また、紗愛の見えた映像から、弥生が瞬時に誘拐を疑ったことも思い出した。

あの時、紗愛が見たものは、二人の姉妹が楽しそうに駐車場に向かって歩いている姿だった。それと、誘拐という憎むべき犯罪とが弥生の頭の中で瞬時に繋がったのである。今思い起こせば、それも何とも不思議なことである。

また、ベッキーにハグされた時に感じたあの不思議な感覚も思い出した。そして、ベッキーにも何か特別なものがあるのではないかと弥生は考えたのだった。

弥生は、すぐにベッキーにメール返信した。

「メールをいただきありがとうございます。あの時は、可愛いお子さんたちが無事で良かったと思っています。お礼のことは気にせずに、日本へお越しの際にはぜひ、お立ち寄りください。私もまたお会いできることを心より願っています」

一〇月下旬の来日とあったが、あと一カ月もないことに弥生は焦りだした。どうもてなしたらいいかと考えながら、弥生は紗愛と佳恵にメールした。

「ロンドンから、ベッキー・フランクさんが日本に旅行で来るとのメールが届きました。あの可愛い姉妹のお母さんです。覚えていますか。日本に来た時に、私たちに会ってあの時のお礼をしたいとのことです。一〇月下旬とありましたので、英語の勉強に励んでくださいね。勉強の成果をあの姉妹にお見せしましょう」

紗愛と佳恵からすぐに返事が来た。そこには、二人とも「勉強頑張ります」とあった。


九月も終わりに近づいた頃になって、A法律事務所に電話が入り、長谷川がその電話を取った。

「はい、A法律事務所でございます」

長谷川は、不思議そうな顔をして、その電話を弥生に転送した。首を傾げ、「なんで北条に……」と呟きながらだった。

「はい、替わりました。北条と申します」

「こちらはイギリス大使館の加藤と申します。先日、ロンドンで起きました女児誘拐未遂事件のことで少しお話をさせていただきたいのですがよろしいでしょうか？」

「はい、どういったことでしょうか?」

弥生は、イギリス大使館と聞いて動揺した。いつものようにツッケンドンに対応するわけにはいかない相手である。

「ロンドン警視庁から、女児救出のご協力に感謝する趣旨で、あなた方に感謝状が贈られることになりましたので、そのため大使館として少々確認したいことがありまして、よろしければ、ご都合の良い日にこちらからお伺いするか、またはこちらにお越しいただくか、その件でご相談したいのですが……」

弥生は事件当夜、ロンドン警視庁から電話をもらっていたことを思い出した。あの時は、事件が落ち着いてからとの話だったが、それが今になったのだと理解した。

「はい、私の方はいつでもよろしいですが……。何でしたらこちらから伺いますが……」

弥生は、事務所に来られても困るし、大使館という建物に少し興味があったのでそう答えた。

「そうですか……。そうしていただけると助かります。では、いつがよろしいでしょうか?」

「明日の土曜日はいかがでしょうか? 小学生の女の子二人も一緒ですので」

女の子とは紗愛と佳恵のことである。

電話が終わってすぐに、長谷川が不思議そうに聞いてきた。

「何だったんだ？」

「ロンドンでの事件のことで、私に感謝状が出るんですって」

「感謝状？」

と、長谷川は驚いた顔を見せた。そして、

「すごいじゃないか。感謝状の授与となると……、じゃ、マスコミも来るのかなぁ……。こりゃあ、大変だぞ。当事務所としても何らかのコメントを出さなくちゃな」

と、今度は張り切りだした。

「大丈夫ですよ、先輩。心配しなくても。マスコミ関係は私の方からお断りしますので」

「えっ、断るのか……。それは何かもったいないような気もするけど……」

「いや、いろいろと面倒ですから」

長谷川は、なぜかガッカリしたような表情をした。しかし、弥生としてはマスコミについてはキッパリと断るつもりでいた。

弥生は、九月末の土曜日に紗愛と佳恵を伴い、イギリス大使館へ向かった。三人は地下鉄の半蔵門駅で降り、お堀のある方へ歩いていった。ここは桜で有名な場所で、弥生は千鳥ヶ淵を回って何度か来たことがあった。今は夏が終わり、秋に向かっている季節だから桜は当然ないが、暖かな日差しの中、気持ちよい風がお堀の方から吹いていた。

弥生を含め、紗愛も佳恵も大使館と聞いてすごく興味を持ちつつも、まるで日本国を代表して訪問するかのような感覚で、三人とも緊張した面持ちだった。

大使館に着くと、加藤と名乗る人物が弥生たちを出迎えた。中に招かれ入っていくと、玄関口から廊下、案内された部屋を含め全てが豪華で、まるでホテルかお城のような感じがした。部屋の中は天井が高く中央に大きなテーブルと椅子が並び、壁には絵画が飾られ、微かに香水の甘い匂いが部屋中を覆っていた。

あいにく、大使は不在とのことで、大使館職員のイギリス人二人と日本人の加藤がテーブルを挟み、弥生たちと相対して並んだ。この時の弥生たちの緊張感は半端なかった。まるで、これから取り調べでも受けるかのような感覚である。

職員の責任者と思われるイギリス人の一人が弥生たちに話し掛けた。

「コンニチハ。大使館へようこそ」

優しそうな響きのある綺麗な日本語だった。弥生たちは緊張しながらも「こんにちは」と答えた。

すると、弥生たちに美しいティーカップに注がれた紅茶が配られ、そのお茶請けに個包装されたチョコとクッキーがそれぞれの前に置かれたのである。何ともいい匂いがする。その職員は、「どうぞ、お楽にしてください」と言い、笑顔を作った。そして、今回の説明に入った。

まずは、ロンドンで起きた女児誘拐未遂事件での三人の働きに感謝し、ロンドン警視庁から感謝状が贈られることになったと言った。そのため、三人の住所と名前を確認したいとのことだった。

弥生たちは、言われるまま、提出された書類に住所と名前をそれぞれが書いた。

次に、事件の内容について聞かれた。

「あの時、どうして駐車場に姉妹がいると分かったのですか?」

この質問は、先日電話を受けた週刊誌・DT社の質問と同じものだった。聞かれてマズイ質問のため、弥生は返答に窮した。とても超能力とは言えないからである。

「ああ……、ただ、そう思っただけです……」

と、弥生はとっさに答えたが、その職員はその答えに満足していないようだった。笑顔のままだが、本当のところを知りたいと、彼の目が言っていた。

「あの事件の防犯カメラの映像がロンドンから送られて来ましたので、ちょっと見てみましょう」

と、その職員は笑顔のまま言った。

弥生は、あの時のニュースの映像かと思った。ニュースでは、駐車場での騒動が流れていたのを知っている。その映像を今、なぜ見せるのだろうかと不思議に思った。

職員が部屋にあるテレビのリモコンスイッチを押すと、すぐに映像が流れ出した。それは、意外にも到着ロビーでの様子だった。

その映像は、小さな姉妹がロビーに設置された椅子の周りで追い掛けっこをしているところから始まった。その様子を周りの人たちが見ていた。その中に弥生たちもいる。しばらくすると、弥生たちが椅子にもたれかかりながら寝ている様子が見えてきた。姉妹の両親もまた寝ているようにも見える。すると、姉妹が二人仲良く手を繋ぎながら弥生たちや両親の背中の方角に歩いていったのである。

その五分後くらいに両親が目覚め、辺りをキョロキョロしだし、父親が娘たちを探しにその場を離れていった。弥生たちは、その騒ぎの最中に起き出し、背中側にいる両親の方に向き、弥生と紗愛、佳恵が何かを話し合っているのが見えた。その後、紗愛が下を向きジッと数秒間何か考え事をし、弥生が両親に話し掛け、名刺を渡しているのが映った。その直後、弥生たち三人が父親と共に、姉妹が行った方角に向かって駆け出した。

ここで映像を止め、職員が言った。

「どうも合点がいかないのですよね。あの時、あなたたちは姉妹が行った方角を見ていなかった。背中を向けて寝ていましたからね……。ですので、あなたたちには姉妹がどこに行ったのか、分かりようがないと思うのですが……。あの場所では、考えられる行き先は前方もありますし、また、あそこには売店もたくさん並んでいますからね……。ですので、駐車場へ行ったと、どうして分かったのか、それが不思議でならないのです」

意外な質問に弥生は答えに窮した。そして、紗愛と佳恵の顔を見つめた。それは、「どうしようか？」と二人に問いかける顔である。二人もどうしたらよいかと、困った表情を見せた。

「先ほども言いましたが、ただそう思っただけです」と、今度は語気を強めて答えた。この時の弥生の顔は、弁護士という職業時の顔になっていた。秘密を守り抜くという顔である。

職員は不思議そうな顔をしながらも、今度は質問を変えてきた。

「今年の四月に、埼玉で起きた誘拐事件がありましたが、それはご存じですよね？」

（マジか……）

四月に起きたと事件とは、祐樹が誘拐された事件である。弥生は、なぜそれを聞くのか不安になった。大使館側はあの事件のことを調べたのだろうか。

「ええ……、存じておりますが」

弥生は不安げに答えた。

「あの時も、確か、三人が事件を解決なさったと聞いておりますが、そうですか？」

弥生は、その次の言葉が怖くなった。何を言いたいのか、弥生には察しがつく。

「あの時も、あのビルが怪しいと感じたからです」

弥生はそう答えるしかなかった。

その瞬間、その職員からは笑顔が消え、今度は真剣な眼差しでこう言ってきた。

「やはり、そうでしたか……。私たちも、ロンドン警視庁から聞いた時は大変驚きましたが、埼玉の事件もそうだとなると、これはやはりそうかなと我々も思いましてね……。もし気を悪くされたのなら、謝りますが……。あなたたちには、特別な感性というか、洞察力というか、何と言っていいか分かりませんが、何か特別な力があるのではないかと思いましてね。ロンドン警視庁もそう思ったようです」

その職員は、そこで一呼吸置き、ためらいながらも話を続けた。

「実は、ロンドンで最近、また誘拐事件がありましてね……、それがまだ解決されていないものですから、それで、皆さん方にご協力いただけないかと、向こうから要請がありまして……。いかがでしょうか?」

その質問に、弥生も紗愛も佳恵も面食らい、驚いた表情のままお互いの顔を見つめ合った。

「おっしゃる意味がまだ分からないのですが……」

どうも、話が違った方向にいっているようである。あくまで、感謝状のことでここに来たのだが、そうではないようだ。

「これは、内密ですが……、実は、誘拐されたのはロボット工学で有名な研究員のお子さんでして、一〇歳の女の子です。誘拐犯は、その研究員が開発した人工頭脳に使うマイクロチップを奪うことが目的でして……。実は、その研究員が犯人の脅しに屈し、それを渡してしまったのです。つまり、我が国の最新の技術が犯人に盗まれたわけです。しかし、犯人からお子さんがなかなか返されないので、父親から警察に相談が来て、それで事件が発覚した次第です。問題は、お子さんの安否です。マイクロチップも問題ですが、早期にお子さんを助け出さなければ、とロンドン警視庁が言っておりまして……。そこにあなたたちの存在がクローズアップした次第です」

職員はそう言ってからしばし黙り込んだ。弥生たちは、神妙な顔をしたままだった。

「それで、あなたたちにご協力いただけないかと思いまして……、いかがでしょうか?」

弥生は、職員の言葉に頭の回転が一瞬止まったような感覚を覚えた。あまりに突拍子もない事柄だったのだ。しかし、紗愛は違っていた。

「私に何ができるか分かりませんが、早く見つけないとその子が可哀想だと思います。心細くて、怖くて泣いているかもしれません。ご両親もとても心配していると思います。私は何とかご協力したいと思います。探し出すのが私の役割だと。ですが、どうしたら良いか分かりません」

紗愛は、真剣な眼差しで自分の思っていることを言った。弥生には、一〇歳の少女の言葉とは思えなかった。しかも、「私の役割」とは、特殊な能力を持ったが故の非常に重たい言葉である。紗愛はまるで巨悪に立ち向かう幼き戦士のようだ。

紗愛の隣に座っている佳恵も、紗愛の言葉を聞いて大きく頷いていた。

その職員は、

「私もどうすることがいいか分かりませんが、具体的に何をすべきか一緒に考えてみましょう」

と言いながらも、安堵した表情を見せた。

「それで、あなたにはどんな力があるのでしょうか？　詳しく教えていただけませんか？」

紗愛はそれを説明するために、遠足のこと、祐樹の誘拐事件の時に見えたものを語った。

「ロンドン空港の時も、『あの姉妹はどこかな』と考えた時に、その方角が見えて、次に居場所とその周りの景色が頭の中に見えてきました。でも……、あの時私は、姉妹がいなくなる前にその姿を見ていましたから、それで探せたんだと思います。だから、どんな人か知らなければどう探せばよいか分かりません」

弥生は、それはもっともなことだと思った。どこの誰だか分からなければ探しようがないと。

「では、写真はどうでしょうか?」

紗愛は母親の写真を以前から見ていたので、母親が病院内のどこにいるかを探し当てることができた。だから、写真の人物を探すことは可能なのかもしれないと弥生は考えた。

「そうですね。写真があればできるかもしれません」

職員は、すぐに別の職員に写真を持って来るように命じ、「少々お待ちください」と言った。

写真を待つ間、弥生は紗愛と佳恵に謝った。

「ごめんね。変なことになってしまって……」

「大丈夫です」と紗愛がすぐに返事した。すると佳恵は、

「私たちは、正義の味方、スリーガールズよ」

と言い、右手でそっと親指を立てたのである。二人ともやる気満々のようだ。

先ほど部屋から出て行った職員が戻ってきた。

「このお嬢さんですが、どうでしょうか？」

リーダー格の職員は紗愛に少女の写真を見せた。

写真には、正面を向いた少女の顔があった。まだあどけない顔である。

以前に、紗愛が距離と見つかる時間には関係があるようだと言っていたのを弥生は思い出した。だから、日本からイギリスにいる人物を見つけ出すのは至難の業《わざ》である。

紗愛は数秒間写真をジッと見つめ、そして目を閉じた。意識を集中しているようだ。

それがしばらく続いた。

一〇分程度そのままだったが、紗愛は、急に目を開けた。

「たぶん、ロンドン市内からそんなに離れていないと思いますが……、それがどこなのかは、分かりません。何か目印があればいいんだけど……」

紗愛はそう言ってまた目を閉じ、そしてまたしばらくしてから言った。

「ええと……、病院が見えて来ました。ああ、これは先日行ったA病院だと思います。

リッチモンドの……」

「ええと……、その近くに二階建ての白い家が見えます。一〇〇メートルくらいかな……、離れているのは。その子は、その家の屋根裏部屋にいると思います。矢印がそこで止まりました」

「それと……、庭にトランポリンが置いてあります。犬小屋も見えます」

「今、女の子はベッドに横になっているようです」

そう言って紗愛は目を開けた。その目には幾分、疲れが見えていた。

弥生は、とにかく紗愛はすごいと思った。日本から一万キロも離れた異国にいる少女の居場所をピンポイントで見つけ出したのである。かかった時間は一五分か二〇分くらいなもの。それを見ていた大使館の職員三人も驚いた顔をしていたが、これが紗愛の実力である。

ただし、この情報だけでは居場所が特定できたとは言い難い。目印はA病院で、その半径一〇〇メートルと言っても範囲はまだ広い。

「近くに行ったら、その白い家を特定できますか?」

リーダー格の職員が興奮気味に聞いてきた。

「たぶん、できると思います」と、紗愛は即答した。すると、

「加藤君、明日、行けるように手配してください」

と、隣に座っている加藤に命じたのである。そして、

「明日、一緒にロンドンに行ってもらえませんか？　急を要します。少女の命がかかっていますので、少女を助けると思って、ぜひ、ご協力ください。お願いします」

と続けたのだった。あまりの急展開に弥生も紗愛も佳恵も唖然とし、皆同じように目を丸くしてお互いを見合った。

「そう言われましても……、学校はあるし、仕事もありますので……」

弥生はついそう答えてしまったが、弥生としてはもう腹は決まっていた。「少女を助けると思って」という職員の言葉に、弥生のどこかのスイッチがオンになったのである。

「そこを何とかお願いできませんか？　この通りです」

職員は、今度は弥生たちに向かって深く頭を下げたのだった。それは日本式の懇願である。

どうすべきか、これは紗愛の判断が優先されることである。弥生は紗愛を見た。すると紗愛は、「私、行きます」と返答した。そして、「学校は何とかなるわよ。おじいちゃんだって、理由を言えば、きっと『行ってこい』って言うに決まっているし」と続けたのだった。佳恵も、「じゃあ、私も行くわ。お母さんも『行っておいで』って言うはずよ」

と言い、二人は弥生の顔を見た。

「しょうがないわね。二人が行くなら、私も行くしかないでしょ。二人の保護者としてね」

これで三人のロンドン行きが決まった。しかも明日の出発である。

でも、学校や職場に何と言うか、それが問題だった。

「そうだ。感謝状の授与式に出席ということにしましょうよ。これなら、以前にニュースに出たことがあるし、イギリス行きの理由にはなるわ」

弥生は、その場にいたみんなにそう言った。


帰りの電車の中で、弥生は紗愛に聞いた。

「でも、よく見つけたわよね。あんなに遠い国なのに……」

紗愛の説明はこうだった。

写真の女の子を見つめながら、「どこかな」と意識を集中させたという。すると、いつものようにおでこの真裏辺りが熱くなってきて、矢印のようなものが頭の中に浮かんできたとのこと。その矢印は、どんどんと上の方に昇っていって、ある所まで行くと今度は下に降りて来て、まるで世界地図を眺めているようだったとのこと。矢印はどんどんと下がり、ロンドンの街まで来ると、今度はゆっくりと移動し、A病院が見えて来て、その近くにある白い家の前で止まったのだと言った。

家は二階建てだが、上の方に小さな窓があり、そこが屋根裏部屋で、その中にいると感じたとのことだった。しかも、ベッドに横たわる少女の姿がおぼろげに見えたらしい。実に不思議な現象だが、紗愛が見えたという以上、今度も間違いないだろう。今までに何度もそうだった。

今度のロンドン行きは、誘拐事件の解決のためである。カメオがもたらしたものは、紗愛の不思議な力であるが、これによって佳恵の弟の祐樹が救われ、その関係から紗愛の母キャサリンに会うためのロンドン行きとなり、今度はその途中で起きた女児誘拐未遂事件の関係から、またロンドン行きとなったものである。

不思議な縁《えん》の連鎖が続いているのを弥生は感じていた。


佳恵は、家に着くなり母親の所に向かった。母は台所で夕飯の支度をし、祐樹は小五郎とリビングで遊んでいた。

「お母さん、明日、ロンドンに行くことになったから」と、母の背中に向かって言った。

「そう。じゃ、気をつけてね。それで、何時《なんじ》に帰って来るの？　宿題もあるしね……」

「水曜日頃だと思う」

「水曜日？」

久美子は、佳恵の言っていることに何か変だとやっと気づき、洗い物の手を止めた。

「あれっ、さっきロンドンとか言っていたようだけど……、まさか、イギリスのロンドンのこと？」

「そうだよ。こないだの誘拐事件の感謝状の授与式があるんだって。大使館の人が一緒に連れていってくれて……、紗愛ちゃんも一緒だよ。それに弥生お姉さんもね」

久美子は突然のロンドン行きに言葉を失い、驚いたように佳恵の顔を見つめた。祐樹はすぐさま反応し、

「姉ちゃんだけ、ずるいよ。俺も一緒に行くよ」

と、焦ったように佳恵の所に近寄ってきた。小五郎も尻尾を振りながら祐樹に従っている。

「あんたはダメよ。学校があるでしょ」

「姉ちゃんだって学校があるじゃんか……」

「私は、感謝状をもらうんだからいいの。でも、あんたは呼ばれていないでしょ。だか

ら行けないの。分かった?」

祐樹は、母の顔を見上げて懇願するような表情をした。久美子も、

「私も行きたいけど、私も呼ばれていないからきっとダメよね……。でも、母親として佳恵に付いていくっていうのはどうなのかしらね?」

と行きたそうな顔をした。

「でもね、航空券を取らなきゃいけないんだよ。私の分はもう大使館の人が取ってくれたからいいけど。お母さんのはもう間に合わないでしょ。明日の便だから」

と、佳恵は母を説得した。

「祐樹、私もダメみたい。明日は佳恵がいないから、二人で美味しいものでも一緒に食べようか?」

久美子は諦めたように言った。祐樹も小五郎に向かって、

「お前も留守番だからな」と言った。


紗愛は、祖父・淳一に伝えた。

「明日、ロンドンに行くことになったの」

「どうしたんだ、急に?」

「ロンドン警視庁から感謝状が出るんだって。誘拐事件に協力したお礼。明日は大使館の人が一緒に行ってくれてね……、佳恵ちゃんも弥生お姉さんも一緒だよ」

「そうか。学校に休みの連絡をしないといけないな。何て言えばいい？」

「ん……、お母さんのお見舞いに行くというのはどう？　ついでに、会って来ようかと思っているから……」

「分かったよ。そう言っておくよ。気をつけて行くんだぞ」

淳一はそう言ってロンドン行きを了解した。


弥生は、長谷川に連絡した。

「北条です。お休みのところ、スイマセン」

「どうしたんだ？　珍しいね……、休みの日に北条から電話とは」

「実は……、明日、急にロンドンに行くことになりまして……。ロンドン警視庁から感謝状の授与とかで、どうしても来てくれというものですから」

「明日とは、ずいぶんと急だね」

「ええ、今日、大使館に行ったら、どうしてもと言われまして……。国際親善の意味もあるので、むげに断るわけにもいかなくて……、これは日本人としての当然の義務かなと思いまして」

「そうか、分かった。行っておいで。橘代表には私から言っておくよ。それから、もし北条に電話が来たら、北条は風邪でお休み、とでも言っておくよ。感謝状のことは言ってはダメなんだろ?」

「ええ、大変ご迷惑をお掛けします」

「ああ、大丈夫だよ。安心しな。その代わり、お土産を忘れないでくれよ」

長谷川も難なく了解したのだった。


弥生たちは、日曜日の午後の便でロンドンに向かった。ロンドンへはこれで二度目だが、今度は誘拐事件の解決が目的のため、弥生は多少の緊張感を覚えていた。警察官が一緒だから危険はないと思うが、紗愛と佳恵を守らなければとの思いが弥生にあった。

弥生たちがロンドン空港に着いたのは、現地時間で月曜日の午前八時頃だった。出迎えた人たちはロンドン警視庁と名乗った。空港で軽く朝食を取り、すぐに警察の用意したワゴン車に四人が乗った。四人とは、大使館職員の加藤、そして弥生、紗愛、佳恵である。運転席と助手席には私服の警察官が乗っていた。向かったのはA病院。ここから約一時間半とのことだった。

弥生は、長旅の疲れからか非常に眠かった。また、紗愛も佳恵も眠そうな顔をしていた。これを時差ボケというのだろうか。A病院まで少しの時間だが、三人は眠ることにした。

A病院付近に来て、加藤が弥生たちに声を掛けた。

「もうすぐA病院に着きますが、そろそろ起きていただけますか?」

三人はそれぞれに眠い目を擦りながら、窓から見える景色を眺めた。辺りは既に閑静な住宅街になっていて、幅が一〇メートルくらいある車道の両脇には幅三メートルほどの歩道があり、そこには街路樹が等間隔で並んでいた。また、行き交う車は少なく、人通りもほとんど見えなかった。通勤、通学の時間帯を過ぎているからだろうか。時刻は午前一〇時半を回ったところである。

車は静かに路肩に止まった。その後ろに、もう一台のワゴン車が続いて止まった。

紗愛は、また意識を集中するように女の子の写真を手にしながら目を閉じ、しばらくしてから言った。

「この道を五〇メートルくらい行くと郵便局のような建物があるので、その角を左に曲がります」

車はゆっくりと進み、次の交差点を左に曲がった。

「この道をあと四〇メートルくらい行って右に曲がるとすぐ見えて来るはずです。白い家がそうです」

車はゆっくりとしたスピードで右手に進んでいった。車の中では、みな窓に顔を寄せて外を眺めていた。

「ああ、あの家」と、紗愛が指差した。その声を合図に皆白い家を見た。

その家の前には大きな芝生の庭があり、その奥の方に確かに大きなトランポリンが見えた。また犬小屋も見えたが、犬の姿はなかった。

大使館で紗愛が言った通りだった。さすがである。車はゆっくりと家の前を通り過ぎ、二〇メートルくらい先で止まった。ここからでも白い家はよく見える。

警察官は後ろの車と交信しているようだった。すると加藤が紗愛に質問した。

「あの家の中に誰か人はいますか？」

紗愛はまた目を閉じた。

「一階のキッチンに一人います。女性のようです。あと、三階に少女がいます。ベッドの中です」

警察官が二人、交信を終えて車から出ていった。車の中には四人が残った。すると、後ろの車からも二人出ていくのが見えた。そのうち、一人は女性である。いずれも私服姿で、四人は二人ずつのペアになり、それぞれ玄関側と家の裏手側へと向かっていくようだ。すると、紗愛が言った。

「あっ、女の人はポケットに銃を持っているみたい……。気をつけないと……」

この車の中にはもう警察官はいない。どうすべきか、伝えに行くべきかどうかと弥生は迷った。このまま警察官が何も知らずにあの家に行けば危険な目に遭う可能性がある。しかし、下手に動けば犯人に勘づかれる可能性もある。

弥生は考えた。どうしようかと。そして、

「加藤さん、私と一緒に来てください」

と言った。弥生には怖さもあった。しかし、このまま黙って見ているわけにはいかないのだ。

弥生の言葉を合図に、弥生と加藤は車から出ていった。弥生の頭の中では、父と娘の役を想定したのである。日本人の親子が道に迷ったとの設定だった。

二人は足早に正面に向かって歩く警察官を追い掛け、道を聞く素振りをした。

「家の中にいる女性は銃を持っています」

そう言ったあと弥生は右手を伸ばし、あたかもあっちの方角というジェスチャーをしたのだった。

警察官もその意図を察し、同じように右手を伸ばし応じたのである。この時の弥生の顔は必死の形相だった。まるで心臓が口から飛び出しそうなくらいバクバクだったのだから。

その後、弥生と加藤は右手が差し示した方角にゆっくりと歩いていった。

車の中には紗愛と佳恵が残されていた。車から見えているのは弥生と加藤の姿、そして家の方に向かう警察官の姿である。それは、まるで映画の一シーンのようにも見える。

佳恵は弥生の行動を見て、

「やるじゃん」と、感心したように言った。そして、「でも、大丈夫かな?」と、心配そうな顔をした。銃を持っている以上、何かの時には危険なことになるからだ。

紗愛も車の中から様子を窺いながら、「きっと大丈夫よ。何とかなるわよ」と答えた。

紗愛はいつも楽観的である。

警察官二人は、門を通り抜けて玄関の方に歩いていった。そして、ためらうことなくインターホンを鳴らした。すると、すぐに四〇代くらいの女性が玄関の外に現れた。その女性は主婦のような格好をし、まるで家事でもしていたかのように見える。

警察官は、何かを話しながら警察手帳のようなものをその女性に見せた。すると、その女性は焦ったように、家の中に消えていったのである。警察官二人は逃げた女性を追い、つられるように中に入っていった。

家の中で何が起きているのか、見ている者には全く分からない。家の外は静まり返っているだけである。紗愛と佳恵は車の中から固唾《かたず》を飲んで家の様子を見守っていた。

すると突然、拳銃の発砲音が聞こえてきた。「パン、パン、パン、パン」という乾いた音が四発連続したのである。その後しばらく静まり返っていたが、今度は裏口の方からさっきと同じ発砲音が四発聞こえてきた。そして、また静かになった。

紗愛と佳恵は、拳銃の音に「キャー」と叫びながらも、車の窓から家の様子をじっと窺っていた。しばらくの静寂が続いたのち、紗愛が言った。

「あっ、一人が怪我している」

だが、それが警察官なのか犯人なのかは分からない。家の中ではなおも沈黙が続いていた。


警察官二人が家の中に消えてから一〇分後くらいに変化があった。家の裏手の方から、さっき見えた女性を伴いながら、裏手に回っていた二人の警察官が現れたのである。その女性は両手を後ろに組み、その肩は血で赤く染まっていた。

その五分後くらいに今度は家に入っていった警察官が少女を伴いながら出てきた。少女は、部屋着のような白っぽいスエットの上下を着ていた。そして、警察官に肩を抱えられながらゆっくりと門を抜け、紗愛たちの乗る車に向かってきた。少女の顔はかなり憔悴しているように見える。

弥生と加藤は、急いで車に戻ってきた。そして、少女と一緒になって紗愛と佳恵のいる車に乗り込んだのだった。少女は言われるまま車のシートに座り、そこに居合わせた紗愛と佳恵の顔を見て驚いた表情を見せた。

すると佳恵は、

「ハーイ、マイネーム　イズ　ヨシエ　フロム　ジャパン。ナイス　トゥ　ミート　ユウ」

と言って、笑顔を見せたのである。それを聞いて「えっ」と、紗愛も弥生も驚いた。英語を習い始めてまだ二週間程度である。佳恵の度胸を褒めるべきか。

すると今度は紗愛も、話し出したのである。

「ハーイ、ええと……、アイム　サラ・スズキ。テン　イヤーズ　オールド。ナイス　トゥ　ミート　ユウ」

しかし、紗愛はそう言ったあと、照れたように顔を真っ赤にしたのだった。二人とも、習い始めた英語を初めて話したようだ。

するると少女は疲れた表情のまま一瞬だが笑顔を見せた。自分と同じ年齢であることに安心したのだろうか。そして、

「アイム　エミリー・ジョーンズ　ハロー」と言い、佳恵と紗愛に握手を求めてきた。

紗愛と佳恵はお互いの顔を見合わせながら、自分たちの英語が通じたことを喜び、満面の笑みを浮かべた。


エミリーは、その後到着したパトカーに乗り移り、どこかへと連れていかれた。恐らく、彼女の家に送り届けられるのだろう。弥生たちは、これで自分たちの役目が終わったと思い、みな安堵の顔となった。

弥生は、「ああ、良かった」と、シートにぐったりともたれかかりながら言った。すると佳恵は、「私たち、正義の味方、スリーガールズよ」と言って、またあのポーズを決めたのである。

しかし、その直後だった。弥生が急に顔をしかめ、

「ああ、危ない。スマホ……」と言った。

すると、間もなく先ほどの家の方から小さく「ボン」という爆発音が聞こえてきたの

である。弥生たちはその音のした方に顔を向け、何事かと窓から外の様子を窺った。しばらく見ていると、なんと先ほどの白い家の一階の窓から小さな赤い炎が見えてきたのである。それに気づき、「あっ、火事よ」と佳恵が叫び、それと同時に、車にいた警察官二人が慌てて家の方に走っていったのだった。

恐らく、犯人たちが火事を引き起こしたに違いない。その狙いは証拠隠滅だと弥生は推理した。あの家の中には、恐らく犯人の手掛かりとなるものが多数あったのだろう。

火が出る直前、弥生の頭の中に見えたものはスマホだった。また、それと同時に、これは危険だという強烈な胸騒ぎのようなものを感じたのである。そのスマホは犯人の女が残したものと思われる。それが家の中に仕込んであった爆発物を起動させたのだろう。

犯人たちの非道さは、今起こった火事でも明らかなように、目的のためには誘拐も家の爆破も起こしてしまう。そんな犯罪組織に弥生は得体の知れない不気味さを感じたのだった。

今回の少女誘拐事件は、これで解決となったわけではない。イギリス大使館で聞いたマイクロチップはまだ盗まれたままである。マイクロチップにどんな機能があるかは分からないが、大使館職員が言っていたロボット工学に関する「最新の技術」が盗まれたのだから、ロンドン警視庁としてはマイクロチップを取り戻したいはずである。人質となった少女を救い出した以上、次はマイクロチップになるだろうと弥生は予測した。

二　秀　華

しばしの休憩の後、助手席に乗る警察官のスマホが突然鳴った。その警察官は短い会話のあと、加藤に向き直り何かを話し掛けてきた。加藤はその警察官と若干の問答をし、今度は弥生たちの方を向いた。

「誠に言いにくいのですが……、今、警察の方からですね……、少女救出の感謝の言葉があったのですが……、今度はマイクロチップもと言い出しましてね。人使いが荒いと言いますか……、いかがでしょうかね、やっていただけないでしょうか？」

加藤は、申し訳なさそうな表情を滲ませながら言った。

（やっぱりきたか）

弥生は無言のまま紗愛の顔を見た。紗愛は、

「でも、どうやって見つければいいの？　だって……、どんなものかさっぱり分からないし」と言った。

それもそうだ。何かはっきりした特徴でもあれば別だが、ただマイクロチップと言わ

れても探しようがない。

「何かこれって分かるような印とか、形とか、色とか、そんなものがなければ無理ですね」

弥生はそっけなく答えた。加藤は、気まずい顔で運転席と助手席に座る警察官にそのことを伝えた。

すると、助手席の警察官がタブレット端末を取り出し、何かの画像を表示したのである。そこには、金色の小さな金属片が映っていた。そして、それをスクロールして次に映し出したのが、それを収納している半透明の白いプラスチック容器である。画面ではそのサイズが記載され、一インチ四方、厚みが一〇分の二インチとなっていた。かなり小さいものである。またその容器の下端には、小さくTG—6と表記されていた。

加藤はタブレット端末を受け取り、それを紗愛に見せた。これなら何とかなるかと思ってのことだろう。TG—6が決め手になるのか。

紗愛は、それを見つめてから目を閉じ、そして、その五分後くらいに目を開けた。

「ここから四〇キロメートルくらい先に大きな教会がありますが、その中にあるようです」

しかし、教会と言ってもこの辺には多数ありそうだ。

「何か、その教会に目印のようなものはありませんか？」と、加藤が聞いた。

「目印と言っても……、周りは大きな建物ばかりだし……」

紗愛はそう言ってまた目を閉じた。今度は時間がかかった。そのまま一五分くらい経った。

「赤っぽい教会です。両脇を大きな建物で挟まれています。そのお向かいに映画館があります。『ＣＩＮＥＭＡ　Ｂ』って書いてあります。その隣は本屋さんだと思います。ＢＯＯＫと書いてあります」

これでどうだろうか。「ＣＩＮＥＭＡ　Ｂ」を検索すれば見つかるかもしれないと、加藤に期待が膨らんできたように見える。

加藤は、助手席の警察官にそう言って検索するよう進言した。すると、その警察官はタブレット端末を操作しだした。四〇キロメートルほど離れたところにある映画館で「ＣＩＮＥＭＡ　Ｂ」という看板があり、隣に本屋がある建物である。

二〇分ほどしてそれがヒットしたようにこちらに向き直った。その映画館をストリートビューで表示し、「この建物か？」と加藤に聞いてきた。加藤はすぐさま、それを紗愛に手渡した。

「どうでしょう？」

そこには確かに映画館が映っていた。そしてその隣には大きな本屋があった。紗愛はその画像を一八〇度回転させ、ストリートビューに映るものを見た。

そこには赤茶けた教会があった。画像は下から見上げるような角度であるが、紗愛の頭の中に見えたものは恐らく上から見たものだろう。

紗愛は、画面をじっと見つめていた。

「これかもしれません。とにかく、行けば分かります」

そう言って紗愛はまた目を閉じた。

車はすぐにその映画館を目指して出発した。弥生の時計は午後二時を回っており、着くのはおよそ三時頃と思われる。

お腹が空いたので、途中でファストフード店のドライブスルーでハンバーガーとジュースを買い、車は順調に進んでいった。お腹が満たされると眠くなるもので、弥生はまぶたが重たくなってきた。また、紗愛も佳恵も疲れた顔に見える。

成田空港を出発して、ほぼ丸一日が経つ。その間に飛行機に揺られ、少女を救出し、今度はマイクロチップの奪還と、疲れるのは当たり前である。しかし、弥生の疲れは普通ではないように思えた。体が重だるく、なぜか関節の節々が重痛いのだ。今までにない感覚だった。

日本では、佳恵の母・久美子が暇を持て余していた。日本時間では月曜日の午後一〇時頃。

「祐樹、もう寝る時間よ」

久美子はゲームをやめるよう祐樹に促した。祐樹は、

「はーい」と返事をしたものの、何かつまらない顔をした。

「姉ちゃんはどうしているのかな？　今頃、美味しいものでも食べているのかな？　ズルイよな……、姉ちゃんばっかり」

「しょうがないでしょ。祐樹も今日はお寿司だったんだから」

「でも、つまんないな……。姉ちゃんがいないと」

祐樹はけんか相手が欲しいようだ。

「じゃ、電話してみようか？」

「ウン」

佳恵が車の中でうたたねしている時に佳恵のスマホが鳴った。

「あっ、佳恵？　お母さん。そっちはどうかな？　ちゃんとご飯食べているの？」

「ウン、大丈夫。さっき、ハンバーガーを食べたところよ」

「ハンバーガー？　もっと、良いのを食べなさいよ。こっちはお寿司よ……。いいでし

よ」

「ああ、お寿司食べたいな……。祐樹は大丈夫？　私がいないとダメな子だからね」

佳恵は、祐樹を心配した。

「姉ちゃん、オレだよ。俺は大丈夫さ。姉ちゃんこそ俺がいないと寂しくて泣いているんじゃないかと思ってさ」

「何、生意気言っているのよ。姉ちゃんの分、お寿司とっておいてよ」

「残念でした。全部、俺が食べたから、姉ちゃんの分はもうないよ。へへへ」

「あっ、佳恵、今日のあんたのラッキーカラーはイエローよ。じゃ、お土産ヨロシクね」

そう言って電話は切れた。

佳恵は、「マッタク……、うちの家族は……」と言いながら電話を切った。しかし、これで佳恵は復活し、元気が出てきたようだ。

「紗愛ちゃん、お母さんがね、私の今日のラッキーカラーはイエローだって」

「じゃ、今日の佳恵ちゃんの靴下はイエローだから、バッチリじゃない」

紗愛も佳恵の声で目が覚めたようだ。問題は弥生である。弥生はまだ眠かった。

「何なの。そのイエローって？」と、弥生は眠そうな顔で聞いた。

「お母さんのスマホに占いアプリがあって、毎日、それを見ているのよね。なんせ、暇だから。それで、私の今日のラッキーカラーがイエローなんだって。まあ、可愛いものよ」

佳恵は、まるで久美子の母親のような言いようだった。どちらが親か分からない言葉である。

すると次の瞬間、まるでそのイエローに反応したかのように、弥生の頭の中に黄色いトートバッグの映像が飛び込んできたのだった。

(はて、これは一体……)


車は教会の向かい側にある映画館の前に到着した。映画館の隣には確かに大きな本屋があり、車はその本屋の地下駐車場に入っていった。

本屋の二階には座って読書ができるスペースが設けられ、そこから窓越しに教会が見える。弥生たちはその一角に座り、窓から見える教会を眺めた。

片側三車線の道路の向こう側にある教会は、赤茶色したレンガのような外壁で覆われ、大きなビルに挟まれながらも街のど真ん中にデンとそびえるように建っていた。教会の入り口は小さいが、いろいろな人たちがひっきりなしに出入りしているようである。

紗愛は教会を眺めながら、

「この中にあるようだけど……、変だなあ。何か、動いているみたい」と言った。

「動いている？」

と、弥生も佳恵も加藤も同時に聞いた。

「ウン。動いている。誰かが持ち歩いているのかな……」

すると、加藤が聞いてきた。

「どんな人が持っているか分かりますか？　男とか女とか」

「女の人みたいです。髪が長いから……」

加藤は、すぐに携帯を取り出し電話を掛けた。先ほどの警察官が相手のようだ。

「教会の中で、女性がマイクロチップを持ち歩いているようです」

警察官との交信の後、

「何か、特徴はないですか？」と、今度は紗愛に聞いてきた。

「ウーン……、手にカバンを持っているみたい……。その中にあると思います」

そして、

「黄色い小さなトートバッグです」と続けたのだった。

弥生はすぐにこれだと思った。先ほど弥生に見えたものは黄色のトートバッグである。

加藤は警察官にそう伝えた。先ほどの警察官二人が、後からパトカーで駆け付けた警察

官二人とともに教会の中に入っていくのが見えた。佳恵は、

「あっ、入ったわよ」と言った。これからの展開に期待しているようだ。

警察官が教会に入ってからおよそ一〇分が過ぎた。弥生たちは腕時計を何度も見ながら外の様子を窺っていた。

「まだ出て来ないね」と、また佳恵が言った。

教会の中で何が起きているのか、ここでは全く分からない。紗愛は、

「まだ、ゆっくりと動いているみたい。あっ、止まった。あっ、また動き出した」

まるで実況中継のようだ。これが紗愛の力である。見えないものが見えているのだろう。

それからさらに一五分程度経ってからだった。入っていった警察官が手に黄色いトートバッグを持って出てきたのである。そして、その後ろから制服を着た警察官が、ミニスカートに派手な服装で着飾った若い女性を両脇から挟みながらゆっくりと出てきたのだった。

「あっ、出てきた」と、佳恵が叫んだ。

しばらくして、女性がパトカーに乗せられ出ていくのが見えた。そして、その五分後

くらいに私服の警察官が弥生たちの所にやってきた。その顔には事件が解決したことによる安堵の笑みがこぼれていた。

警察官の説明によると、その女性は教会の中で誰かを待っているかのように、教会の後ろの方で行ったり来たりしていたという。制服警官が近づいていっても特に警戒する様子はなかったらしい。

「どなたかお待ちですか?」と、警察官が聞くと、

「ええ、ちょっと……」と、平然と答えたという。それで、

「そのバッグの中を見せていただけますか?」と聞くと、

「ええ、どうぞ」と、すぐに差し出したとのこと。だから、その女性には何の悪気や犯罪の匂いなどなかったそうだ。しかし、バッグの中を点検すると、あのプラスチックケースが出てきたという。

「これは盗難にあったもので、被害届が出ています」というと、女性は驚いた表情をし、

「えっ、これが、ですか? あのう、私はただ、これをここで男の人に渡すように頼まれただけです。本当です」と答えたとのこと。だから、女性は犯罪に関わっているとは知らずにここに来たようだ。

弥生は、これで警察の捜査は行き詰まったと思った。犯人に繋がるものはたぶん出て

こないだろう。犯人はこうなることも想定し、何も知らない素人を使ったに違いない。なんとずる賢い奴らか。

しかし、これで一件落着である。弥生たちの任務はこれにて終了となった。時刻はもう午後四時を過ぎていた。

弥生たちは、ここからまたA病院に向かっていった。紗愛の母・キャサリンに会うためである。明日は警察署で感謝状をもらい、その後日本に向け出発する予定になっている。そのため、今日しか会う時間が取れないのだ。少しの時間でも、紗愛にとっては貴重な時間である。

その日の夜、弥生はホテルの部屋で早々とベッドの中にもぐり込んでいた。とにかく、弥生は疲れを感じていたし、関節の節々の重痛さも続いていたのである。

すると、隣の部屋にいた紗愛と佳恵が慌てて弥生の部屋に入ってきた。

「テレビを点けて」

弥生は、言われるままにテレビのリモコンを押した。するとちょうど、昼間の少女救出のことが報道されていた。テレビでは、防犯カメラの映像が繰り返し流れ、ニュースキャスターが力強く事件のあらましを解説していた。

その映像では、白い家から出てきた女性が後ろ手にされている姿が映り、次に、救出された少女が警察車両に近づく姿が映った。そして、そこへ弥生と大使官職員の加藤が現れたのである。それは、ほんの一瞬のことだったが、弥生と加藤は、まるで警察関係者のように映っていた。

弥生は、今回の少女救出に当たり、弥生たちの存在をマスコミには公表しないでくれと事前に加藤を通し頼んでいた。公表されると面倒なことになると思ったからだ。警察の方はそれを快諾していた。

確かに今回、弥生たちのことはニュースでは公表されていないが、意図せず弥生の姿がカメラに捉えられていた。その映像は弥生を知る人が見れば、弥生だとすぐに分かるものである。

「ああ、やっちまった……」

弥生はそう言って頭を抱えた。そんな弥生を見て佳恵は、

「でも、大丈夫よ。このくらいじゃ分かりっこないって」と、弥生を気遣って言った。

「そうよ。絶対に大丈夫だって」と、紗愛も佳恵に同調した。

すると二人は、「大丈夫」、「大丈夫」と言い、手を叩きながら踊り出したのである。踊る姿は滅茶苦茶だが、弥生を励まそうとしていることだけは弥生にも分かる。しかし

弥生はそれを見て、

「何、それ、ウケルー」

と言いながら、ベッドの上で思い切り笑い転げたのである。この時の弥生は、まるで少女のようだった。お祭り騒ぎの佳恵と紗愛を見て弥生の脳が勘違いをし、二人と同じ一〇歳の頃に戻っていたのだ。

しかし、ニュースが報道されてから二〇分も経たない頃に弥生のスマホが突然鳴った。

「はい、北条ですが……」

「こちらは、DT社のリュウと申します。ちょっとお話を伺いたいのですが……」

DT社とは、弥生がロンドンから帰ってすぐに電話を掛けてきた会社である。確か、週刊誌を発行している所だ。

「ですから……、私には関係ないと言ったはずですが」と、弥生はキッパリと言った。

「今、ニュースにあなたが映っていましたので、どういうことか伺いたいのですが……。少しでいいのでお時間を……」

DT社は弥生の存在に気づいたようだ。

「それは人違いだと思います。では、失礼します」

弥生は、そう言って電話を切った。そして電源も切った。その直後、

「ああ、これはマズイことになった……」と、また頭を抱えたのだった。

翌朝の六時前に、長谷川から電話が来た。

「おい、またニュースに北条が出ているぞ。今度は一体、何なんだ?」

「あっ、そうでしたか……。実はまた誘拐事件に遭遇しまして……」

「またかよ……、何か、誘拐事件に取りつかれているみたいだな」

「先輩、スミマセンがもし問い合わせがきたら、また、知らないことにしてください。お願いします」

弥生はそう言って、電話を切った。

その直後、今度は母からだった。

「弥生、大丈夫なの? ニュース見たわよ……。ロンドンは物騒な所みたいね」

「いや……、私は大丈夫だから、心配しないでね。明日中には帰るから。じゃあね」

誘拐事件のことが、日本でも昼のニュースで流れたのだろう。これからどうやって、紗愛の秘密を守ればいいのか。弥生は、少しだけ不安になった。

日本に戻って翌日のことだった。A法律事務所にDT社を名乗る女性が現れたのである。その女性は、白いブラウスに紺のパンツスーツを着たアジア系の綺麗な方だった。長谷川は、驚きながらもカウンター越しにその女性に応対した。

「北条サマは、いらっしゃいますでしょうか？」

「お約束でしょうか？」

「いえ。ロンドンから今日着きまして、その足でここに来ましたものですから……。チョッとお聞きしたいことがありまして……」

「少々お待ちください」

長谷川は不思議そうな顔をしながら、弥生の所にやってきた。弥生は、たまたま給湯室でコーヒーを入れているところだった。

「北条、お客さんだよ。それが、スゲー美人。DT社だって……。ロンドンから今日着いたらしいけど、どうする？　誘拐事件のことだと思うけど……」

「ええっ、ホントですか、どうしよう……。私……、今さらいないことになんてできませんよね……」

弥生は、渋々カウンターに向かった。

「北条ですが」

弥生は、カウンターの向こう側にいる女性を見て目を見張った。電話での印象とはまるで違い、何とも穏やかな顔立ちで、しかもモデルかと見まがうほどのスタイルのいい女性なのである。

「DT社のリュウと申します。突然に申し訳ありません。どうしても伺いたいことがありましたので来ちゃいました。少しだけでいいのでお時間をください。お願いします」

リュウは「申し訳ない」と言っていたが、弥生には決してそのようには見えなかった。弥生は迷った。取材を受けるべきかどうかと。しかし、ロンドンからわざわざここに来たという以上、このまま帰すにはあまりに気の毒と思い、止むなく事務所の応接室に彼女を通したのだった。

「私はDT社のリュウと申します。よろしくお願いします」

そう言って、女性は弥生に名刺を渡した。そこには、「劉　秀華」とあった。

弥生はその名刺を見て、「劉」という文字に一瞬目が止まった。

「日本語がお上手ですが、どちらで習ったのですか?」

「ああ、ありがとうございます。学生の時に習いました。今は、日本語、英語、中国語にインドネシア語が話せます」

「インドネシア語も、ですか?」

「ええ、私の母国はインドネシアですので」

「まさか、インドネシアのパダンとか？」

「ええ、そのまさかですが……。でも、よく分かりましたね」

「はあー、まさか……。ひょっとして、劉清夏さんという方はご存じないですか？」

「えっ、清夏は私の妹ですが……、またどうしてですか？」

劉秀華は不思議そうな顔で弥生の顔を見つめた。弥生も、予想もしない展開に驚きを隠さず、しばし口を開けたまま秀華を見つめた。

まさか目の前に清夏の姉がいるとは。弥生は気持ちを落ち着かせ、秀華にその理由を説明した。四年前に清夏と会ったこと、そして、清夏の祖母・紅華に会いにジョホール・バルまで行ったことである。

秀華は、突然の身内の話に、驚いた表情を見せた。

「実は、紅華さんは私の祖母の姉に当たります。終戦の時に中国の大連で生き別れたそうです。私の祖母は既に他界しておりますが……」

弥生がそう言うと、秀華はまた驚いた表情を見せた。

「ええー、本当ですか。初めて聞きました。妹は私に何も言っていませんでしたから……」

「となると、秀華さんと私は遠い親戚の関係になりますかねえ？」

弥生は笑顔を作った。

「そういうことになりますね……」

秀華は、思いもよらぬ展開にしばらくは面食らっていたようだが、気を取り直し本題について話し始めたのである。

「そのことは、また後で詳しくお聞きするとして、先に、事件のことをお聞きしたいのですが、よろしいでしょうか？」

「はい、何でしょう」

弥生は笑顔のまま身構えた。

秀華の質問は、ロンドン空港の到着ロビーでの映像についてだった。秀華も、大使館で見た映像と同じものをどこかで見たようである。

「とある人物からあの時の映像を見せていただいたのですが、どうしても腑に落ちないというか、あり得ないと思いまして……。なぜ、あの時、犯人が駐車場にいると分かったのでしょうか？　そのへんを伺いたいと思いまして……」

「…………」

弥生は答えに窮した。迂闊《うかつ》には答えられない質問である。たとえ遠い親戚であっても。

この展開は大使館の時と同じである。恐らく、秀華も同じように弥生たちに違和感を抱いているのだろう。

弥生は、遠回しだがその説明に入った。

「あなたの曾祖父が作った作品をあなたは見たことはありますか？」

秀華は、その質問に驚いた顔を見せた。その顔は、なぜ、そのことを今、聞くのか、それを測りかねているようだ。

「私は、あなたの曾祖父が作った象牙の球を持っています。その中には精密に彫られた人物が五体ありまして、とても綺麗なものです。実はその台座に『劉』の文字が彫られていまして、それで紅華さんのお父さんの作品と分かったのです。しかし、その球には不思議な力があるようでして……、それが原因で私の頭の中の何かのスイッチが入ったようになりまして……。それで不思議な現象とか、映像とか、言葉とかが私の頭の中に飛び込んでくるようになりました。それが、見えた理由です」

弥生は、紗愛のことは隠しておこうと思った。本当は、見えたのは紗愛の方で、弥生は紗愛の見えたものを聞いて誘拐と推測しただけである。

秀華は、弥生の言葉を聞きながら、ずっと驚いた表情を見せていた。突拍子もない告白じみた不思議な話に呆れているのかもしれない。しかし、そうではなかった。

「やはり、そうでしたか……。あの映像を見て私はたぶんそうだろうなと感じました。あなたには何か不思議な力があると。我が家にも曾祖父の作った作品はあります。もちろん、祖母の家に飾ってあるものを何度も私は見ています。ですので、私にはあなたの言うことが分かるような気がします」

今度は弥生が驚いた。秀華もそうなのかと。

「妹は、あまり感じていないようですが、私は子供の時から不思議な感覚がありました。私の場合は、勘が働くというか、物事の内面というか、背景というか、そんなものを感じ取ることができます。学校で何かトラブルがあった時には、私がいつも仲裁役でした。なぜトラブルが起きたのか、その原因とか、背景とかが私には分かるのです。だから、お互い納得のいくように説得し、解決できました。ですので、勘がいいということが今の私の仕事にちょうど向いていると思っています」

秀華は、ニコリともせず淡々と話し続けた。

「でも、先日の少女救出の場所にあなたがいるのを見て、また疑問に思いました。なぜ、あの場所にあなたがいたのかについてです。私はこう推測しました。恐らく、警察に依頼されたのではないかと。警察もロンドン空港でのあの映像を見て、あなたの力に気が付いたのではないかと。いかがでしょうか?」

そう言えば、あの時、ニュースの後に弥生に電話を掛けてきたのは秀華だった。そのことを弥生は思い出した。

「はい。あなたのおっしゃる通りです。でも、この件は、警察の方にも秘密にしてほしいとお願いしておりまして……、ですので、この件はあなたも内密にお願いします。マスコミでの発表は非常に困ります」

秀華は黙ったままだった。弥生の願いにどうするか考えているのだろうか。

「はい、分かりました。このことは記事にしませんのでご安心ください」

秀華はキッパリと言った。

「ありがとうございます」

そう言ったあと、弥生は笑顔を作った。こんなにあっさり承諾してくれるとは思わなかったからだ。

「では、もう一つお聞きしますが……。少女を救出してから、あの後、あなたは本屋に入りましたよね……。それはなぜですか？」

秀華はなぜそのことを知っているのか。まるで、見ていたかのような言いようである。

「実は、それも防犯カメラに写っていまして……。テレビに映っていた同じ車両が本屋に入っていく映像です。防犯カメラは、街中いたる所に設置されていますから、探そうと思えば、割と簡単に探せますので。監視社会の恐ろしいところです」

弥生はまたも驚きながら秀華の顔を見た。自分の知らないところで、誰かに見張られていたことになる。日本でも同じように監視されているのだろうと思いながら、秀華の次の言葉を待った。

「恐らく……、マイクロチップでは？」

秀華は、そう言って弥生の顔を覗き込んできた。秀華は弥生の反応を窺っているようだ。そして続けた。

「私は、今回の二つの誘拐事件は関係があると思っています。それは、イギリス国家の危機、もしくは全世界的な危機とでも言うべき事件ではないかと。空港であなたが助けた姉妹の父親はK大学の研究員で、ＡＩの開発をしている方です。そして、先日あなたが民家から救出した少女の父親は、国と共同でロボット開発している民間企業に勤めています。この二つの誘拐事件はいずれも、単なる少女誘拐事件ではなく、ＡＩやロボットに関する技術を得るのが目的だったと思われます。犯人は、最新の研究成果を被害者の父親に要求して得ようとしたのだと。というのも、今年の春頃ですが、国家プロジェクトで研究されていた軍事ロボットの開発が成功しまして、犯人はその技術を盗み出し、他国に売ろうとしていたのではないかと推測しています。しかし、それを、あなたによって二度も阻まれてしまった」

秀華はここで一呼吸置いた。

「しかし、今回の少女誘拐では犯人の要求に屈し、父親が犯人に言われるままマイクロチップを渡してしまったと聞いています。しかし、犯人たちがそのパスワードを聞き漏らしていた。だから、改めてパスワードを要求した。それで、すぐには少女を解放しなかったというわけです。恐らく、このマイクロチップの奪還にもあなたが関わっていると睨んでいますが、違いますか？」

秀華の顔が鋭くなってきた。先ほどとはまるで別人のようである。

「このことは報道されていないと思いますが、なぜ、それをご存じなのですか？」

今度は弥生が質問した。

「こちらにもいくつかの情報ソースがありまして……。それは、警察内部にもあります」

「へー」と、弥生は言った。それはすごいことである。

「確かに、私はその現場にいました。警察は、それを奪還したはずです。ということは、国家の危機は回避されたということですよね」

「実は……、それが、そうとも言えないのです。問題は、その犯罪組織が何者なのか、誰の指示でその事件が起こされたのか、です。捕まったのは、まだロンドン空港での誘拐犯と、民家で少女を監禁していた女性だけです。なので、それを今、私は追っています」

「ハー、そうでしたか……。でも、それは警察の仕事ではないのですか？」

「確かにそうです。でも、その犯罪組織の協力者が警察内部にいるとしたら、これは大問題です。国家を揺るがす大きな犯罪に、警察の人間が手を染めることは絶対にあってはなりません。私は、必ずその人間を追い詰めてみせます。それに、もしそうだとしたら、今度はあなたも危ないと言えます。向こうは、もうあなたに邪魔されたくはないでしょうからね。今まで何度も邪魔されていますから……。犯人はこれで諦めたわけではありませんので」

「えっ、待ってください。私が危ないと？　それはなぜですか？」

「警察の上層部に奴らの協力者がいて、あなたの存在を知った場合、そうなります。ですので、あなたの身を守るためにも早くその犯人を捕まえる必要があります。それであなたの協力をいただきたいと思いまして、それを言いに私はロンドンから来ました」

「私の身を守るためですか……。でも、協力とは、一体何をすれば？」

　今度は弥生の顔が険しくなってきた。「身を守るため」という恐ろしい言葉に反応しているのだ。

「犯人捜しです」

秀華はそう言った。犯人捜しとはどういうことなのだろうか。弥生にはサッパリ分からなかった。

秀華は、身を乗り出してきた。

「実は、マイクロチップが紛失しました。警察で保管していたのですが、それがなくなったのです」

「えっ、なくなった？」

「はい。奪還したその翌日の朝のことです。ですので、私は警察内部に犯人がいると考えています。その犯人を一刻も早く見つけ出さないと、犯人はあなたにも迫ってくると、私は心配しています」

「でも、どうやって？」

「だから、また、あのマイクロチップが今、どこにあるか探してほしいのです」

そう言って、秀華は弥生をジッと見つめたのだった。その目はまるで獲物を追う鷹のように鋭かった。

しかし、探すと言っても、探すのは紗愛である。

「では少しお時間をください。やってみます」

弥生はそう言いながら、これは紗愛に協力をお願いするしかないと思った。しかし、あくまで紗愛のことは秀華には秘密である。紗愛のことを言えば、今度は紗愛に危険が及ぶかもしれないのだ。

そこに、長谷川が入ってきた。一応、ノックしてからだったが、なんと、長谷川はコーヒーカップ二つをトレイに載せていたのである。弥生はそれを見て唖然とした。今の今までそんなことは一度もないケースなのだ。

弥生は、これは秀華を見に来たのだなとすぐに勘繰った。「スゲー美人」とさっき給湯室で言っていたからだが、男の人は大体がこうなる。美人には目がないというか、長谷川も同類のようだ。

長谷川は、「コーヒーをどうぞ」と言って二人にコーヒーを配ったが、その後もその場に佇み、なかなか退出しそうにないように弥生には思えた。そこで、

「あのう、こちらは長谷川弁護士と言いまして、私の上司に当たります」

と、弥生は気を利かしたつもりで秀華にそう紹介した。すると長谷川はいつもより低い声で、

「長谷川と申します。どうぞごゆっくり」

と、秀華を見つめながらそう言ったのだった。しかも、ワザと渋めの顔を作りながらである。片方の眉は幾分上がったようにも見えた。

秀華はそれに応え、長谷川に顔を向けてニコッと笑顔を作り、そして軽く会釈した。その途端、長谷川は満足した顔になり、応接室から出ていったのだった。実に分かりやすい人である。一見、堅物そうに見える長谷川だが、これが長谷川のもう一つの顔か、と弥生は思った。


秀華は、その日は東京のホテルに泊まるとのことだった。弥生は、秀華を大宮の自宅に招待したのだが、それを頑なに辞退したのである。疲れていてゆっくりしたいというのが理由だった。秀華は日々、忙しくしているのだろう。正義感に溢れ、脇目も振らずに真っすぐに突き進む秀華の姿に、弥生は自分の姿を見る思いがした。

弥生は、その日のうちに紗愛に連絡を取った。ロンドンから記者が取材に来たこと、そして、秀華から聞いた内容を掻い摘んで説明したのである。

「えっ、また盗まれたの？」

紗愛も驚きを隠さなかった。弥生は、そのことで弥生の身に危険が迫っているとの説明も加え、紗愛に頼んだ。

「紗愛ちゃん、お願い。また、探してもらえないかなあ？　急いで……」

「分かった。やってみる。TG—6だったよね」

そう言って紗愛は電話を切った。

その三〇分後だった。紗愛から電話が来た。

「分かったわ。駅のコインロッカーの中だと思う。ロンドンのユーストン・ステーションと書いてある駅。その地上一階の南出口付近のコインロッカー。そのロッカーのナンバーは、ええと、２４６５。その中にあると思います」

しっかりとした答えだった。今度も、紗愛にハッキリ見えたに違いない。

弥生は早速、秀華に連絡した。時刻は午後一〇時頃だった。ロンドンでは今は午後の二時頃で、警察はまだ稼働している時間である。

「秀華さん、分かりましたよ」

弥生は紗愛から聞いたマイクロチップのありかを秀華に伝えた。

その六時間後の午前四時を少し回った頃に、秀華から弥生に連絡が来た。

「弥生さん、マイクロチップが見つかりました。あなたが言ったコインロッカーの中にありました」

秀華の声は弾んでいた。

「早かったですね。さすがロンドン警視庁。でも、見つかって良かったわ。これで解決ですね」

「いや、まだまだです。これから犯人捜しですからね。ただ、犯人の姿と顔が防犯カメラにバッチリ写っていたようだから、あとは時間の問題でしょう」

またもや防犯カメラである。その威力はやはり絶大だ。しかしその一方で、個人の行動が監視されていることもまた事実である。いわば、個人情報がダダ洩れとも言える。つまり、犯罪抑止や犯罪解決の有効性は確かだが、その一方で個人情報の保護が求められるということだ。弥生は、弁護士という職業柄、この運用にはやはり厳格な法的な管理が必要ではないかと改めて思った。

しかも今回は、軍事利用のAIロボット兵器に関する技術が狙われたとのこと。これは、国家プロジェクトとして開発されたもののようだが、武器の開発というのは、最初は優位と思っていても他国も持てばその意味はなくなってしまう。だから、さらに強大な武器を造ることになる。軍事に頼る安全保障というのはキリのないことである。

秀華は、喜び勇んで次の日に成田から飛び立った。スクープを求めてとも言えるが、弥生の身を案じてわざわざ日本に来てくれたのだから、弥生は秀華に感謝せずにはいられなかった。なので、清夏にメールで報告した。

「昨日、清夏さんのお姉さんにお会いしました。ロンドンから私のオフィスまで取材に来られまして、偶然、清夏さんのお姉さんと分かりました。もう、ビックリです。秀華さんはバイタリティ溢れる方でした。そして、美しい方でした。詳しくは申し上げられませんが、おかげで私は秀華さんに助けられました。本当に感謝しています。その報告でした」

その翌日に清夏からメールが来た。

「姉がお邪魔したようですね。ご迷惑でなければいいのですが。まるで鉄砲玉のように、家から飛び出していったきりでしたから心配しておりましたが、元気そうな姉の話を聞いて安心しました。弥生さんのお役に立てたのなら幸いです。メールありがとうございました」

予期せず起こったロンドン空港での姉妹誘拐未遂事件が、こんなに尾を引くとは思いもよらなかった。でも、何とか乗り切り、無事解決できたことに弥生は安堵した。

弥生は今回も紗愛の力を知ることとなった。日本から一万キロも離れた所にある小さなマイクロチップをピンポイントで探し当てたのだからすごい力である。しかし、その力の源泉というか、きっかけになったものはカメオのブローチだと弥生は今も思っている。そしてあれは、きっと劉氏の作品であると。

弥生は、改めてカメオの出所が気になってきた。また、別にもう一つあるカメオは一体、どこにあるのか。そして、紗愛の母・キャサリンの妹は今、どこにいるのか。カメオが持つ秘密はまだ残されたままである。

三　再　会

一〇月半ばを過ぎた頃、弥生は自宅の近くにあるクリニックを訪れた。その理由は、体が重だるく、関節の節々が痛みだしたからだ。熱は三七度ちょっとだからたいしたことはないが、それがもう二週間近く続いているのである。ロンドンに行った時にも同じような痛みを感じていたので、何か特別な病気かもと思いながらの受診だった。

医者は、血液検査の結果を見ながら、「ただの風邪だと思いますよ」と言った。

「はあ？　風邪、ですか……」

弥生は、「風邪」という診断にあまり納得していなかった。今まで風邪などほとんど引いたことがなかったからだ。記憶を辿ると、中学二年生の時以来である。あの時は四〇度くらいの熱があり、しんどかったのを覚えている。弥生はこの歳になるまで健康優良児を自慢していた。だから、もっと特別な何か変わった病気なのかもしれないと思っていたが、それが「ただの風邪」と言われ、この場合、単純に喜んでいいものかと少し気分は落ち込んでいた。

母に報告すると、

「風邪？　珍しいわね、弥生が風邪だなんてね……。ご飯食べて早く寝たら」との反応だった。

「ん……、何か他の病気かと思ったんだけどね……」

「先生が言うなら、そうなんじゃないの。それとも他の病気がいいの？」

「そういうわけじゃないけど……」

「ゆっくり寝れば治るわよ。気にしない方がいいよ。最近、仕事も忙しそうだったし」

確かに最近は残業続きで忙しかった。それに、ロンドン行きの疲れが残っているのかもと思いながらも、まだ微妙に不安が付きまとっていた。

弥生は母に言われた通り、その日は薬を飲んで早めに寝ることにした。

弥生がその夜に見た夢は何とも不思議なものだった。

その夢は、水の上にいる所から始まった。最初はチョロチョロと少しの水量だったが、だんだんと水嵩が増え、しまいには湖かと思うほどの量となり、弥生はその上にプカプカと浮いているのである。水は冷たくはなく、初めは気持ちの良い揺れを感じていた。すると、水が少しずつ流れ出し、今度は激流となり弥生はそのまま流されていったのである。気が付くと知らない港町に来ていた。そこから見える景色は賑やかな市場で、大勢の人で溢れていた。

市場に入ると、そこではいろんな物が売られていた。弥生は、その中で緑色に光る小さな石に目がいった。弥生がそれを手に取ると、石は次第に輝きだし、そして空に飛んでいき、やがて竜の姿になっていった。弥生は思わず飛び去っていく竜に願いを掛けた。その願いは「いい出会いがありますように」だった。

弥生はそこで目が覚めた。

(何だ、この夢)

気が付くと弥生の下着は寝汗でひんやりしていた。この変な夢は、熱のせいだったのだろうか。

夢の中の水はまるで洪水のようだった。そしてまた、なぜ竜に「いい出会いがありますように」と願うのか。もっと他にいい願い事がありそうなものを。心のどこかで出会いを求めているのだろうか。それとも、何か大切な出会いが待っているのか。「洪水」

と「出会い」という二つの事柄に弥生は不思議な思いがした。

弥生はその日の朝、いつも通りにA法律事務所でPCを立ち上げた。すると、ロンドンにいるベッキー・フランクからメールが届いていた。

「一〇月二七日の朝に成田に着きます。その日に弥生さんに会いに行きたいと思っていますが、ご都合はいかがでしょうか？　あと、二人のお嬢さんたちにもお伝えいただけますか？」

弥生は、ついにきたと思った。待ち焦がれていたベッキーからの訪日の連絡である。

弥生は、「ヨッシャー」とガッツポーズをし、早速、紗愛と佳恵に連絡した。

「二七日にベッキーさんが来日します。二人に会いたいとのことです。大丈夫ですか？」

二人からすぐに返事が来た。

「オーケーです」

弥生は、当日は成田空港へ迎えに行くことをベッキーに伝えた。そして、浦和にある中華料理店の個室を予約し、また、どうもてなしたらいいかを紗愛と佳恵に相談した。

その当日、弥生はワンボックスカーをレンタルし、紗愛と佳恵を乗せ、成田空港に向かった。フランク一家が成田に着くのは午前一〇時の便である。車の中で三人は、どうもてなすかの最終打ち合わせを行い、歌の練習と、英語の練習を始めたのだった。

到着ロビーに着くとすぐに、紗愛と佳恵は画用紙で作った大きなプラカードを広げた。そこには、手書きで「フランク一家の皆さま、ようこそ日本へ」と、カラーマジックで書かれていた。これは紗愛と佳恵のアイデアである。あとは、到着ロビーに出て来るのを待つのみとなった。

紗愛は、この日のために明るい白のワンピースを着て、胸には母からもらったカメオのブローチを付けていた。それはワンピースにマッチし、ピンク色のカメオの放つ高級感が際立って見えていた。紗愛にとっては最高のおめかしで、あの可愛い姉妹に見せたかったようだ。

フランク一家が到着ロビーに出てきた。可愛い姉妹が先頭を歩いている。紗愛と佳恵は、「こっち、フランクさん」と大きな声で叫びながら手を振り、プラカードを掲げた。まず、ベッキーがそれに気が付き、子供たちに声を掛けると、姉妹は紗愛たちの所に駆け寄ってきた。紗愛と佳恵は、姉妹に向かって、

「ハーイ、こっちよ」

と声を掛け、プラカードを揺らしながら出迎えた。すると姉妹は、紗愛と佳恵に思い

切り抱きついたのである。紗愛たちはそれに驚きながらも、「ははは、ハロー」と笑って応えた。

フランク夫妻は、子供たちの後ろをゆっくりと歩き、笑顔で弥生に握手を求めてきた。続いて、紗愛、佳恵へと握手を求めた。ベッキーは子供たちについては、姉がスージー六歳、妹はアリス四歳と紹介した。また、夫はロバートといい、ロンドンのK大学でAIの研究をしていると紹介した。

ロバートは、照れながらも日本語で、「コンニチハ。どうぞヨロシクお願いします」と挨拶し一礼した。日本語を勉強してきたようだ。

弥生は、以前に劉秀華からロバートの職業を知らされていたので、(やっぱりそうだったか)と思いながら聞いていた。ロバートは誘拐未遂事件の本当の理由を知らないようである。AIの研究成果を狙われていたことを。

ベッキーは、紗愛の胸に付けてあるブローチに一瞬目を止め、不思議そうな顔をした。そして、

「素敵なブローチですね」

と言った。紗愛は、

「ありがとうございます」と応えながら、照れて顔を赤らめた。

一行は車に乗り、浦和にある中華料理店に向かって出発した。道中、紗愛と佳恵は練習してきた歌を披露し、カタコトの英語と、カタコトの日本語とでお互いに語り合った。

お店に着いてから、弥生は、

「ようこそ日本へ。心から歓迎いたします」

と音頭をとり、ジュースで乾杯となった。ベッキーは、

「アリガトウゴザイマス。また、ロンドンでは、娘たちを助けていただきアリガトウゴザイマシタ」

と言い、ロンドンからのお土産を弥生、紗愛、佳恵へと手渡した。

それは、背丈が三〇センチメートルくらいもある大きなテディベアだった。弥生たちは、思いがけないお土産に興奮し、

「わー、可愛い」と、それぞれに口にした。

楽しい歓談がしばらく続いたあと、ベッキーが紗愛に言った。

「そのブローチはどこで手に入れたのですか?」

すると紗愛は、胸からカメオのブローチを外し、

「これは母からもらいました」と言って、ベッキーに手渡した。

「これを、お母さんから？」

ベッキーはそう言って、不思議そうな表情をした。そして、ブローチをジッと眺めたあと、おもむろに自身の首から下げているペンダントを取り出したのである。それはカーディガンの中に隠れていて、外見からは全く分からないものだった。

するとベッキーは、紗愛のブローチと自分のペンダントヘッドを二つ真横に並べ、しばらく二つを見比べたのである。そして、この二つを並べたまま紗愛に手渡した。

紗愛はそれを受け取り、ベッキーと同じように二つを見比べてみた。

「あっ、同じだ」

なんと、紗愛のカメオと同じカメオが今目の前にあるのだ。ただ、紗愛のカメオは女性が左を向き、ベッキーのは右を向いているのが違う点である。

「えっ、どうして……」

二つのカメオは、それぞれが結合できるように外枠が作られており、紗愛は二つを試しに繋いでみた。するとうまい具合に結合し、二つが一つのオブジェになったのである。それは、金色に縁取りされたピンク色の蝶の姿をしていた。その美しい姿に一同、感嘆の声をあげた。

「おおー」

（まさかこれは……）

弥生は、キャサリンの言葉を思い出したのだ。「二つで一つ」と言ったことを。

「ベッキーさん、キャサリン・ホワイトさんという方をご存じないですか？」

弥生の声は驚きのあまり大きな声になった。

ベッキーは瞳を潤ませ、弥生の言ったことの意味を理解したように小さく頷いた。

「ええ、キャサリンは私の姉です。小さい時に離れ離れになった姉です。でも、どうしてここに……」

この衝撃は弥生の脳天を貫く雷のようだった。全く予想していなかった展開である。これは、もはや奇跡としか言いようがない。

弥生は興奮している気持ちを落ち着かせ、ベッキーに説明した。

それは、紗愛はキャサリンの娘であること。キャサリンは日本人と結婚して紗愛を産み、紗愛が三歳の時に白血病の治療のために帰国し、今はリッチモンドのA病院にいることを。そして、そのキャサリンに七年振りに会うために、あの時、ロンドンに行ったのだと。すると、

「おお、神よ」

というベッキーの声が部屋中に響いた。それは今、目の前で起きた奇跡に対して神を

称える言葉である。夫のロバートも驚きのあまり、口を大きく開けたまま声をなくしていた。

何という偶然か。ベッキーがキャサリンと離れ離れになって既に三〇年が経つ。あの時、ベッキーは六歳だった。そして、姉のキャサリンは九歳だった。その姉の娘が今、自分の目の前にいる。これまで姉に何度会いたいと思ったことか。姉の安否をどれほど心配したことか。三〇年の間にいろんな苦労や悲しみがあった。そのたびに姉を思った。

「今、どうしているのだろうか」と。

ベッキーの思いが弥生に伝わってくる。

弥生は、二つのカメオを紗愛から受け取り、結合してできる箇所の裏を見た。すると、二つのカメオが重なり合う結合部分に「劉」の文字があった。それは、金の枠が絡み合うことでできるもので、二つを離すとその文字は消えてしまう。そういう仕掛けになっていたのである。つまり、これも劉氏の作品ということだ。

(やっぱり……)

弥生の思っていた通りだった。そして、劉氏の作品がまた奇跡を生んだ。今度は、三〇年間離れ離れになっていたキャサリンとベッキーを結び付けたのである。

紗愛の持つカメオは、紗愛から特殊な能力を引き出し、母との七年振りの再会をもたらした。そして今度は、紗愛の母・キャサリンの妹を三〇年振りに見つけ出したのである。弥生は、劉氏の作品の持つ力を改めて思い知った。

ベッキーの話によると、三〇年前に両親が離婚したため、姉は母とロンドンに残り、ベッキーは父とロンドンを離れてリバプールで暮らしたとのこと。その後、大学に行くためにロンドンに戻り、ロンドンで結婚したという。しかし、父はベッキーが結婚する前に亡くなり、結婚式には父は参列できなかったとのこと。その時に、ベッキーは母と姉を探したけれど見つからなかったのだと言った。

ベッキーは、両親が離婚する時にこのカメオを母からもらい、母はその時、

「これは二つで一つ。お前たちは離れ離れになっても心は一つ。いつも一緒だからね」

と言って、二人を抱きしめたという。この言葉を今も昨日のことのように覚えているとのことだった。

紗愛は、

「私の母は今、A病院にいます。それに、祖母も健在です」

と、ベッキーに言った。

「えっ、母が……。ああ、良かった」

ベッキーはそう言って、安心したような表情を見せた。そして、

「ロンドンに戻ったら、私、会いに行ってみます」と力強く言ったのだった。

「じゃあ、私も行きます。一緒に」

紗愛は真剣な眼差しだった。三〇年振りとなる再会の場に、紗愛も立ち会いたいのだろう。

すると今度は佳恵が、

「じゃあ、私も行くわよ。紗愛ちゃん一人だと心配だからね」

と言ったのである。これには紗愛も弥生も驚いた。佳恵は紗愛と一緒に喜び合いたいのだろう。

弥生は少し躊躇したが、

「二人が行くなら、私も行くしかないでしょ。この場合、二人の保護者としてね」と言った。

弥生も佳恵と同じ思いだった。その言葉に紗愛も佳恵も、「ワー」と言いながら、手を叩いて喜んだ。

弥生は、仕事の方は長谷川先輩に頼めば何とかなるだろうと思ってのことだった。しかも、一一月には三連休がある。佳恵は、

「私たちはいつも一緒、スリーガールズね」

と言って、またあのポーズを決めたのである。これには、フランク一家も大笑いだった。


弥生は、長谷川に頼んでみた。

「長谷川先輩、ちょっとお願いがあるのですが……、よろしいでしょうか？」

弥生は、いつもと違い、揉み手でもするかのように、両手を胸の前で合わせた。

「何だよ、気持ち悪いな、その手は……」

長谷川は、そう言って少しだけ体を引いた。

「あのう……、実はですね……、またロンドンにですね……、行くことに……」

弥生はそこまで言って、長谷川の顔色を窺った。

「今度の三連休に少し休暇をプラスしてですね……、行って来ようかと思いまして……。先輩には大変ご迷惑をお掛けいたしますが、少しばかり込み入った事情がありましてですね、よろしいでしょうか？」

弥生は、長谷川の顔を上目遣いで覗き込んだ。

「どうせまた、誘拐事件に関係することなんだろう？　新たな展開になったとか、日本人としてこれは仕方のないことでしてとか。違うか？」

「さすが、先輩。よくお分かりで」

「ったく、しょうがないな……、分かったよ、行っておいで。電話が来たら北条は風邪をこじらせたとか言っておくからさ。でも、お土産忘れるなよ」

長谷川は、意外にあっさりと承諾したのだった。弥生は思わず、

「ありがとうございます」と言って、深々と頭を下げた。


ロンドンに向かったのは、勤労感謝の日を含む三連休の時だった。東京では、もうすぐ冬支度になる頃だが、ネットで調べるとロンドンの気候は既に寒く、冬の気温とのこと。なので、弥生たちは冬物のセーターやコート、カイロと厚手の下着やタイツを準備した。

これでロンドン行きは三度目となる。今度の旅は、きっと素敵な旅になるだろうと弥生は思っている。なぜなら、ベッキーにとっては、姉のキャサリン、及び母親との三〇年振りの再会があり、また、紗愛にとっても祖母との初めての対面が待っているからだ。

空港に着くとフランク一家が笑顔で出迎えた。もちろん、あの可愛い姉妹も一緒であ

る。向かう先は、リッチモンドのA病院。そこには、キャサリンとともにキャサリンの母、つまり紗愛の祖母が待っているはずである。

紗愛は、事前に母に手紙を書いていた。

「ベッキーさんのご家族と一緒に会いに行きます」と。また、ベッキーと出会った経緯についても、簡単に説明しておいた。そして、「それはカメオのおかげです」と書き添えていた。

紗愛には、母が言った言葉が頭の中に残っている。それは、

「これには願いが叶う魔法がかけられているの。確か、その魔法の言葉は『ジュラ』だったかな。それを三回唱えて願い事を言うとね、お星様がその願いを叶えてくれるのよ」

との言葉である。

だから紗愛は、カメオが紗愛と母の「会いたい」という願いを叶え、そしてまた、母・キャサリンとベッキーの「会いたい」との願いを叶えたのだと思っている。紗愛にとっては、まさに魔法のカメオである。そのカメオを今回もセーターの胸に付けていた。

A病院の駐車場に到着すると、気温は一〇度を下回り外気は頰を刺すくらいに冷たかった。紗愛は白い息を吐きながら、先頭になって病院へと向かっていった。

紗愛は、母にまた会えること、そして今度は祖母にも会えることに期待が膨らんでいるようだ。また、今回は母の妹のベッキーとその家族が一緒なのである。きっと、びっくりするだろうなと思い描きながら、心を弾ませているに違いない。

病院内に入ると、すぐに「こっちよ」と言って紗愛がみんなを中庭へと案内した。紗愛には、今日も母は中庭にいるのが見えているのだろう。その顔は喜びで満ち、足取りは軽やかに見える。

紗愛とフランク一家が中庭に入っていった。中庭のベンチには紗愛の母・キャサリンと祖母であろう女性が並んで座っていた。弥生と佳恵は、中庭の扉付近で窓越しに見える紗愛たちの姿を見守ることにした。

紗愛が、ベンチに座る二人に声を掛けた。すると、座っていた二人はすぐに立ち上がり、キャサリンが紗愛を抱きしめる姿が見えた。その後、紗愛と祖母、キャサリンとベッキーが抱き合い、続いて、祖母とベッキーが抱き合った。そして、今度は幼い姉妹を祖母が順番に抱き上げたのである。ロバートは最後に二人と握手を交わしていた。

それぞれが抱いていたこれまでの苦難や悲しみを吹き飛ばすような、何とも心温まる光景がそこにあった。それはまるで、紗愛たちに向かって天から暖かな陽の光が注がれているような、神々しいものに見える。病院の内側でそれを見守っていた弥生と佳恵は、

「良かった、良かった」を繰り返し、肩を寄せ合いながらハンカチで涙を拭いた。

　すると突然、弥生のスマホが鳴った。スマホ画面にはＤＴ社・劉秀華の名前が出ていた。

「はい、北条です」

「あっ、秀華です。今、いいですか？」

　秀華の声はなぜか明るい響きがした。

「はい、大丈夫です。実は私、今リッチモンドのＡ病院に来ているんですよ」

　弥生も心弾ませて言った。

「えっ、こちらに？　ああ、ちょうど良かったわ。では、今からすぐにそっちに向かいますので、四〇分くらいで着きますから待っていてくださいね」

　秀華はそう言って電話を切った。秀華の行動は前回と同様に強引で慌ただしい。

　秀華が弥生に会いに来る理由は分からないが、あの声から想像するに、何かいいことでもあったのだろう。

　ちょうど四〇分ほど経った一一時半に、秀華が病院のロビーに現れた。コートをなびかせて颯爽と歩く秀華の姿は美しく格好が良い。

秀華は、「ハーイ」と言いながら弥生に歩み寄ってきた。そして、弥生の脇にいる佳恵に目をやった。

「こちらの方は?」

「ああ、彼女は佳恵さんと言って、日本から私と一緒に来ました」

するとと佳恵はすぐに、

「中村佳恵と申します」と言って一礼した。その姿は礼儀正しいお嬢様である。秀華の美しい姿に感化されたように見える。

秀華は、「よろしくね」と言ってから、辺りをキョロキョロと見渡し声を潜めて言った。

「実は、犯人が捕まりまして……。そして、私はそのスクープに成功したんです。ふふふ。だから、あなたにお礼が言いたくてね」

秀華の声はだんだんと大きくなり、しまいには満面の笑みになった。

「ええっ? ちょっと待ってください。ひょっとして、例の件ですよね。確か、マイクロチップを取り戻したとか言っていた……」

「そうよ。今度はね、その主犯格が捕まったのよ。マイクロチップを盗んだ犯人が捕まり、それを指示した親玉がやっと捕まったってわけなのよ。そして、私はその逮捕の瞬間に立ち会い、その写真を撮ったってわけです。すごいでしょ。これは、表彰ものよ。全てあなたのおかげ。ありがとうございました。でも、まだ国際的犯罪組織の一角が崩れただけなんだけどね……」

秀華はそう言って、弥生に深々と頭を下げた。まるで、その喜びを全身で表現しているようである。

「それはおめでとうございます。じゃあ、私に迫っていた危機というのは、なくなったってことですよね？」

「ん……、それはどうかしら……。犯罪組織が壊滅したわけではないですからね……。甘く見ないほうがいいわよ」

「えぇー」

もしそうだとしたら、まだ気が抜けないということか。これからも犯罪組織と立ち向かわなければいけない場面が来るのだろうか。弥生は、暗い闇がゆっくりと自分に迫ってくるような恐怖を感じた。

秀華の説明によると、マイクロチップにはかなりの価値があり、犯人たちは、イギリスで開発した国家機密を高値《たかね》で他国に売るつもりだったらしい。

「五〇〇万ユーロよ。あのマイクロチップにはそれだけの価値があったみたいなのよ」

秀華は自慢げにそう言った。日本円にして六億五千万円ほどになる。

「今、みんながスマホを持っているでしょ。それが小型化し、高機能になったとしたらどうなると思う？　小型化と言っても、これくらいの物よ」

秀華は右手の親指と人差し指で一センチメートル程度の幅を示した。

「でも、どうやってそれを使うのですか？」

「これは、頭皮や耳たぶに埋め込むとか、イヤリングのように耳に掛けて使うの。脳の近くがいいみたいなのよね。脳とのコラボがマイクロチップの目的だから」

「埋め込む？」

弥生は、埋め込むという言葉に違和感を覚えた。つまり、体内に取り込むということだ。

「注射器で簡単に挿入できるのよ。痛くはないわ。これを付けるとね、スマホみたいに手で操作しなくても、声とか頭の中で思い描いたことで相手と会話できたり、調べものをしたり、計算したり、買い物の支払いをしたり、体調の管理ができるってわけ。つまり体の一部がコンピューターになるってことなのよ。便利でしょ。

でもね、問題はこれが個人のプライバシーを侵害し、個人を監視下に置くことなの。

個々人のあらゆる情報がクラウド上に一元管理されて、どこに行ったかだけでなく、通話記録や調べもの、趣味趣向、思想とか、全てがお見通しになるってことなのよ。怖いでしょ。

しかも、それを単なるビッグデータとして活用するだけではなく、運営者によって、意図的に偏った情報やフェイクニュースをユーザー側に流し込んだとしたら、どうなると思う。もうこれは人間のロボット化よね。私たちは思い通りに操られることになるわ。もしこれが為政者によって行われたとしたら最悪。私たちの知らないうちに国民を洗脳したり、誘導したりできるわけだから。これがそんなふうに使用されたらおしまいよ。民主主義はこれで終わりだわ」

秀華は、そう言って表情を曇らせた。

「でも……、それを外せばいいんじゃないですか?」

「それはそうだけど、問題は、知らないうちにそのように利用されるってことなのよ。だから、そういうふうにこれが利用されないように監視するのが私たちの役割。私もジャーナリストの一員ですからね。その危険性を世間に知らせて、国家の暴走を防がなくちゃ」

「なんか、格好いいですね」

「でもね。それは大変なことよ。開発した企業はいろんな手を使ってこれを普及しようとするでしょうからね」

弥生には、秀華の言っていることが単なる空想ではないような気がしていた。監視カメラも今やいたる所に設置されている。人類にとって便利な道具だけれど、これも使い方次第では間違った方向に進んでいく可能性もある。

弥生は、秀華が言った「イヤリングのように」との言葉で思い出した。カメオに描かれていた女性の耳には星型のイヤリングがあったことを。そして、「お星様がその願いを叶えてくれるのよ」と言った紗愛の母・キャサリンの言葉を。

「秀華さんに良い物をお見せします」

弥生はそう言って自分のスマホを取り出し、そこに映るカメオのブローチを秀華に見せた。

「綺麗でしょ。実は、これはですね……、紅華さんのお父さんの作品なんですよ」

弥生は、そう言ってからこのカメオにまつわる不思議な話を始めたのである。それは、紗愛という少女がこのカメオを持っていて、それがきっかけで、母・キャサリンとの七年振りの再会となり、そして次に、離れ離れとなっていたキャサリンとベッキー姉妹の三〇年振りの再会となった話である。そしてまた、カメオは「二つが一つ」になって蝶の形になり、そこに「劉」の文字が浮かび上がることを付け加えたのだった。

秀華は、弥生の話を興味深く聞いていた。

「実は、このカメオに描かれた女性の耳には星型のイヤリングがありまして、これがこのカメオの秘密なんです」

弥生はそう言って締め括った。

秀華は、弥生のスマホにあったカメオの画像を拡大し、しばらくジッと見つめていた。すると、秀華は不思議そうな表情のまま、

「私、この女性の顔に見覚えがある」と言った。

「えっ？」

弥生と佳恵はその言葉に驚き、口を開けたままお互いの顔を見合わせた。「見覚えがある」とは一体、どういうことか。

「私、祖母の家でこの女性を見た記憶がある。あの部屋にその写真が飾ってあった。間違いないと思う」

あの部屋とは、紅華の家にある劉氏の作品を展示している部屋のことだ。弥生も四年前に入ったことのある部屋である。

「確か、あれは曾祖父母の写真。結婚式の時のものよ。曾祖父は曾祖母をこのカメオのモチーフにしたんじゃないかしら……。イヤリングのことは覚えていないけど……」

弥生の記憶にはないが、紅華の家に何度も行ったことのある秀華の記憶にある以上、写真があるのは間違いないだろう。

「へえー、素敵なお話ですね。それがカメオの秘密なのかな……」

そう言って佳恵は目を輝かせた。

劉氏が、妻をモチーフに描いたのが本当だとなると、そこに何らかの意味があり、それが「願いが叶う」ということに関係しているのではないかと弥生は推測した。

劉氏の妻とはどんな人物だったのか。そして、彼女の耳に本当に星型のイヤリングはあったのか。また、そのイヤリングにどんな秘密が隠されているのか。弥生にまた新たな疑問が湧いてきた。

四 伝説

弥生は、日本に戻ってすぐ清夏にメールした。それは、ロンドンで秀華に会ったことの報告と、その時に秀華に言われた内容を確認するものだった。

「紅華さんの家に紅華さんのお母さんの写真はありませんでしょうか?」

また、以前に問い合わせをしたカメオが劉氏の作品であることが分かり、それを持つ紗愛という女の子の母親が三〇年間離れ離れだった妹と、このカメオがきっかけで再会できたのだと伝えた。

弥生はメールに、「これはまさに奇跡です」と記した。

その翌日、清夏から返事が来た。

「曾祖母の写真が祖母の家にありましたのでその画像をお送りします。白黒写真なので、見にくいとは思いますがご容赦ください」

弥生は早速、添付されている画像を開けた。それは結婚式の記念写真のようで、正装してかしこまった表情の新郎新婦が写っていた。

男性の方は髪を綺麗に七三に分けて直立し、女性の方は髪を短く束ねキリッとした面持ちで椅子に座って写っていた。

男性が紅華の父・劉氏で、女性がその妻なのだろう。女性の顔は、秀華の言うようにカメオの女性に似ていなくもない。

写真の顔をよく見ると、額がやや広く、目は切れ長だがはっきりしていた。また、鼻筋は通り、唇はやや膨らみがあるが、硬く結んだ口許は意志が強そうに見える。そして、右目の下には小さなホクロのようなものがあった。そしてまた、耳には何やら小さな飾りものがあった。それが星型かどうかはこの写真からは分からない。

弥生は改めてカメオの写真を見た。耳には、以前確認したように小さな星型のイヤリングがある。額はやや広く、目はキリッとしてやや切れ長である。鼻筋は通り、口許はほほ笑んでいる。右目の下を見ると、（おお、これは……）と絶句した。目を凝らして見ないと分からないが、これは確かにホクロのように見える。このカメオのモデルは秀華が言うように劉氏の妻である可能性が高い。

弥生は早速、清夏にメール返信した。

「このカメオのモデルは紅華さんのお母さんではないかと私も思います」

そして、その根拠と思う箇所をいくつか上げた。額、目元、鼻筋、口許、そして右目の下にあるホクロについて。

清夏からすぐに返信があった。

「確かに、言われてみれば、そのようにも見えますね。早速、祖母に報告します」

劉氏は、確か大連の豪農の出だった。その妻も恐らく同じような家柄ではなかろうか。恋愛か見合いかは分からないが、当時とすれば恐らく見合いか、または親が決めた相手だったに違いない。劉氏が育ったと思われる一九二〇年から三〇年頃の日本ではほとんどがそうだった。中国でも自由な結婚などは珍しかったはず。

劉氏には兄がいたようだから、劉氏は家を継ぐことはなく、それで大学の教員になったのだろう。長男以外の兄弟は外に出て行くしかないのだ。

中国共産党と中国国民党との内紛が中国全土に広がる中、二人は結婚して大連の大学の近くに住んだと思われる。その後、中国の内紛はさらに広がり、日中戦争も勃発した。その戦火の中、劉氏の兄を含め親戚の多くは農地を奪われ香港へと逃れていった。しかし、劉夫妻は大連に留まった。それは、教員の仕事と自らの芸術活動を守るためだった。

そして一九四五年、日本軍の敗北により日本人の多くが日本へ逃げ帰った。そのどさくさの中で、紅華が大連の港に取り残されてしまった。周りには、多くの日本人の子供たちがいたと思われる。日本人残留孤児の多くはそうだった。劉夫妻には子供がいなかった。それで、港で泣いている当時三歳の紅華を拾い上げ、暴漢たちから紅華を守り育てることにしたのだろう。

しかし、その後中国全土に文化大革命の嵐が吹き荒れ、劉氏は大学に留まることができなくなり、ついに香港へ逃れることとなった。その旅路はとてつもなく長く、劉氏にとって妻と紅華を連れての生死を懸けた逃避行だったに違いない。

やっとの思いで香港に逃れ着き、そこで作品を作りながら農業で生計を立てたのだろう。劉一家は、香港の地でつつましく懸命に生き抜いた。当時は、食べることも大変な時代だったと紅華はかつて言っていた。

生活がやっと安定してきたところで、二四歳になった紅華は劉氏の兄の長男と結婚するためにバンコクに嫁いでいった。その後、劉氏は妻の支えを得ながら作品作りに励み、その作品がようやく海外でも評価されるようになったと思われる。

しかし、妻が先立ってしまった。病気を患ったのだろう。それは妻が五〇代の頃ではなかろうか。

そのため、劉氏は香港に一人残り、その後の人生を寂しく過ごすこととなった。それは、孤独との闘いでもあった。時には深酒に頼り、絶望の淵をひたすら彷徨うこともあっただろう。

だから、亡き妻を彫り物に描くことで寂しさを紛らわしたのかもしれない。それは、戦争という時代に翻弄されながらも、妻と共に懸命に生き抜いてきた思い出を抱きながらだった。

カメオには結婚した当時の妻の顔が描かれている。それは、劉氏にとって忘れることのできない青春の一コマだった。夢と希望に満ち溢れ、人生で最高の時だった。劉氏は、その当時の妻への思いを表現したのだろう。そしてまた、カメオを二つ作り蝶の形にした。それは、最愛の妻を神々しい光に包まれながら飛び立つ蝶に重ね合わせ、ある種の願いを込めてあの世に送るためだった。その願いとは、来世で再び会おうという「再会の願い」である。

妻の耳には星型のイヤリングが飾られていた。星型は弥生の持つ球にもある。星型のイヤリングにどんな意味があるのか。それは、キャサリンが言っていた「願いが叶う魔法」なのか。

弥生には、当時の劉氏とその妻の辿った半生がまるで見えるようだった。これが、弥生が持つイマジネーション能力である。

弥生は、紅華の母親の写真を添付して紗愛と佳恵にメールした。

「カメオに描かれている女性は、私のおばあちゃんのお姉さんのお母さんのようです。つまり、作者の奥様と思われます。その写真を送りますので、紗愛ちゃんの持っているカメオの女性と見比べてみてください。どうでしょうか?」

しばらくして紗愛から返信が来た。

「確かに、私も似ていると思います。もうビックリです。また、弥生お姉さんの関係者ということにもビックリしました。弥生お姉さんも不思議な人ですが、カメオについてはもう不思議なことだらけですね」

佳恵からも返信が来た。

「やっぱり、秀華さんが言った通りでしたね。でも、そのイヤリングって今どこにあるのかなあ?」

(はて、星型のイヤリングは今どこにあるのだろうか)

弥生は、それを紗愛に聞いてみた。

「カメオにある星型のイヤリングは今、どこにあるか探せるかな? さすがにこの写真からだと見つけるのは難しいわよね。でも、一応聞いてみました。悪しからず。へへへ」

その問いに紗愛は、

「それは、いくら何でも無理ですよ。だって写真では、女の人の耳にイヤリングがあるのは分かるけど、どんな形なのかはよく見えていないんだからね。でも、やってみます。手掛かりは、イヤリングの形。たぶん、星型。写真を虫メガネでよく見てみます。分かったら連絡します」とのことだった。

ここは紗愛に期待するしかないか。でも、紗愛がイヤリングを見つけ出すのは正直、無理だろうと弥生は思っていた。

案の定、紗愛からの連絡はしばらく来なかった。

それから一週間ほど経った一二月の半ば頃に、山内弘樹から弥生に電話が来た。

「もしもし、山内と申します。箱根では大変お世話になりました。覚えていらっしゃいますか?」

弥生は、弘樹からの突然の電話に困惑した。また、霊がらみの依頼かと思ったからだ。

「ええ。よく覚えていますよ。また、何かのご依頼でしょうか? 今度も霊が出てきたとか?」

「はい。実はそうなんですよ。また出て来まして……」

弥生は、やっぱりそうかと身構えた。

「でも、依頼ではありません」

「はて、それはどういうことでしょう?」

弘樹は電話越しに説明し始めた。

弘樹が、昨晩ベッドで寝ている時に、鈴木淳也の霊が現れたという。しかも、夜中の二時頃に。急に冷気を感じたので目が覚めたとのこと。目を開けると、淳也が申し訳なさそうにベッドの脇に立っていたのだという。

「そりゃあ、もうビックリです」

弘樹は今まで霊に起こされるようなことは一度もなかったので、多少の不気味さを感じたらしい。

鈴木淳也は、

(先日は、北条弥生さんと会話をさせていただき、ありがとうございました)

と、まず礼を言ってきたとのこと。弘樹は、非常に礼儀正しい方だとは思うが、時間が問題なのだという。

「夜中の二時ですよ……、マッタク」

だから、向こうの世界では時間の流れ方がこちらの世界とは違うのだろうと言っていた。そして、

(実は、またお願いしたいことがありまして、よろしいでしょうか?)

と、また丁寧な言葉で聞いてきたとのこと。

「むげに断るのも失礼かと思いましてね……、だから『はい、何でしょうか?』って返答したんです」

すると、

(実は、北条弥生さんに伝えてほしいことがあります)

と言って、話し出したとのこと。その内容は、

「翡翠《ひすい》です。彼は、翡翠のイヤリングと言ったんですよ。あなたが探しているって」

「翡翠？」

「ええ、確かにそう言っていました」

「翡翠のイヤリングねえ……」

弘樹は一体何のことか分からなくて戸惑ったとのこと。

（そう伝えていただければ分かるはずです。よろしくお願いします。あっ、それから、ロンドンでのことについて、弥生さんにお礼を言っておいてくださいませんか。おかげで助かりましたと）

「そう言って消えたんです。私には言っていることはサッパリ分かりませんが、とりあえずお伝えしておこうと思いまして……。これであなたからの借りは返したってことにしていただけないでしょうかね？」

弥生は、先日の箱根行きについて「これは貸しですからね」と、弘樹に言ったことを思い出した。

「はい、承知しました。わざわざご連絡ありがとうございます」

弥生はそう言って電話を切った。

淳也が言っていた「翡翠のイヤリング」とは、恐らく劉氏の妻がつけていたものだろう。白黒の写真では絶対に分からないことである。それにしても、淳也がそれを伝えに来たということに不思議な思いがした。弥生に対する先日のお礼の意味なのだろうか。向こうの世界は一体どうなっているのだろう。いろいろな霊との縦と横の繋がりがあって、こっちの世界は何でもお見通しってことなのか。

弥生は、紗愛に早速連絡した。

「劉氏の奥様は、恐らく翡翠のイヤリングをしていたと思うんだけど……」

「ヒスイ？」

「緑色の宝石よ。濃い緑色だと思う。エメラルドグリーンとも言うのかしらね。中国では大変高価なものよ。だから、結婚式でつけていたのは、たぶん、翡翠のイヤリングだと思う。星型の……」

「分かりました。それで探してみます」

その二日後のことだった。紗愛から弥生に連絡が来た。

「翡翠のイヤリングですけど……、たぶん、シンガポールの近くにあると思います」

「えっ、シンガポール？」

「はい。シンガポールには行ったことがないからよくは分からないけど、社会科の教科書にあった地形と同じように見えたから……。だから、シンガポールだと思います。その近くです。そこから少しだけ北の方角で、何て言う地名か分かりませんが……、イヤリングのある家は、大きくて、プールがあって、犬小屋があって……」

そこまで聞いて、弥生はピンときた。「ジョホール・バル」だと。そして、紅華の家だと。弥生が四年前に行ったことのある家だ。

「分かったわ、紗愛ちゃん。ジョホール・バルよ。そこは、マレーシアという国なんだけどね……。そこに、紅華さんという方が住んでいてね。作者の子供。私のおばあちゃんの姉に当たる方」

「ジョホール・バル？　そうなんだ……」

「紗愛ちゃん、ありがとう。早速、紅華さんに聞いてみるわね」

翡翠のイヤリングを紅華が持っている。きっとそうだ。母親から受け継いだのかもしれない。そう思うと、弥生はなぜか嬉しくなってきた。紅華に聞けば今度こそきっと分かるはずだと。

弥生は早速、清夏にメールした。

「紅華さんのお母さんがつけていたイヤリングのことでお聞きします。写真にも小さく写っていますが、カメオにもそれがありまして、それは恐らく翡翠のイヤリングではないかと思います。しかも、星型の。その翡翠のイヤリングを紅華さんがお持ちなのではないかと思います。そのことを紅華さんに聞いていただけないでしょうか。

実は、そのイヤリングに何か秘密の力があるのではないかと私は思っています。いろいろと不思議なことが起こっている原因が、そのイヤリングにあるのではないかと。大変恐縮ですが、よろしくお願いします」


その二日後に清夏から返事が来た。

「お問い合わせの件ですが、祖母は、弥生さんが言っていた翡翠のイヤリングを持っているそうです。結婚する時に母親からもらったと言っておりました。それは、母親の実家に代々受け継がれてきた宝で、祖母も、それを結婚式でつけたそうです。今は、大事にしまってあるので、『もし、弥生さんに興味がおありならお見せします』と言っておりました。いかがでしょうか。では、イヤリングの画像を添付しておきますね」

弥生は、その返事を見て「ヤッター、ビンゴだ」と叫び、思わず小躍りした。弥生の部屋は二階なので、フローリングの床はかなり軋《きし》んだに違いない。

添付された画像を開くと、緑色に輝くイヤリングが一対現れた。それは、緑色の石が金で縁取りされ、石を止める爪の形により、緑色の部分が星型のように見えていた。これは、かなり高価なもののように見える。画像を見てすぐに、（これだ）と弥生は思った。紗愛から初めてカメオを見せてもらった時に弥生の脳裏を過ったものは、緑の多い山の中の映像だった。そして、その中で何か光るものがあった。弥生はその時のことを思い出した。

カメオは、この翡翠のイヤリングをつけた妻を描いたものに違いない。そのイヤリングが、弥生にあの映像を見せたのだろう。

このイヤリングには、きっと何か秘密があるはずである。特別な力の原因が。紅華は、母親の家に代々伝わる宝だと言った。また、キャサリンは「願いが叶う」と言った。弥生は、無性にこのイヤリングを見たくなった。

（よしっ、ジョホール・バルへ行く）

早速、弥生は紗愛に連絡した。

「今度のお正月休みに、紅華さんの所に行こうと思うんだけど、その時、紗愛ちゃんのカメオをお借りしてもいいかな？　紅華さんにカメオに描かれた星型のイヤリングについて聞こうと思ってね……、いろいろと秘密があるんじゃないかと思うから。どうかな……、カメオをお借りしてもいい？」

「貸してもいいけど……、でも、できれば紗愛も行きたいな。紗愛もカメオの秘密を聞きたいし」

「えっ、行きたい？　大丈夫なの？」

「おじいちゃんに言えば、きっといいって言うと思うよ。おじいちゃんも弥生お姉さんにはすっごく信頼を置いているからね」

「でも、おじいちゃんを一人にしてもいいの？」

「それは、大丈夫よ。毎年お正月には、勝子叔母さん家の子供たちが来ることになっているし」

「そうなんだ。じゃ、紗愛ちゃんもお姉さんと一緒に行こうか？」

「じゃあ、佳恵ちゃんも誘っていいですか？」

「それはいいけど……。でも、あそこは大丈夫かな……」

「一応、聞いてみます」


佳恵の家では、佳恵が台所にいる母親に聞いてみた。ソファーでは祐樹がゲームをし、小五郎は祐樹のそばで静かに寝ていた。

「今度の冬休みに、紗愛ちゃんと弥生お姉さんと一緒に、マレーシアのジョホール・バルに行きたいんだけど、いいかなあ？　そこに、弥生お姉さんのおばあちゃんのお姉さんが住んでいるんだって。ねえ、行ってもいい？」

「えっ、マレーシア？」

久美子は不思議な表情で佳恵を見た。

その瞬間、祐樹が佳恵に顔を向け、寝ていた小五郎も首を持ち上げて佳恵を見た。

「三泊四日の日程なんだけどね、二九日に出発して、シンガポールを経由していくんだって」

久美子は、その日程を聞いて口を開けたまま絶句した。

「えっ、姉ちゃんばっかりズルいよ。オレも行くよ」と、まず祐樹が反応した。すると、

「佳恵、お母さんも行きたい。一緒に行ってもいいでしょ？　シンガポールには行ったことないし……」

と、久美子も祐樹と同じように反応した。

「えっ、お母さんも？　じゃあ、お父さんはどうするの？」

「お父さんは、小五郎とお留守番よ。決まっているじゃない。誰が小五郎の面倒を見るのよ」

「お父さん、なんか可哀想だよ」

「どうせ、いつも正月休みはお酒飲んで家でゴロゴロしているだけでしょ。だから、おせち料理を預けておけば大丈夫よ」

「じゃあ、弥生お姉さんに聞いてみるね。みんな一緒に行っていいかって」

結局、弥生は佳恵の申し出を受け、ジョホール・バルへは前回のロンドン行きの時と同じく、五人で行くことになった。

佳恵は、母親と祐樹に行く理由を簡単に説明しておいた。それは、紗愛が持っているカメオのブローチの調査のためで、そのカメオには特別な何か大きな秘密がきっとあるはずだと。母親の久美子も弟の祐樹も紗愛の超能力については知っている。だから、その原因の調査と聞いて二人は俄然、期待に胸を膨らませたのだった。


弥生がシンガポールに来るのは四年振りのことで、前回は象牙の球が持つ秘密を探るためだった。そして今回は、翡翠のイヤリングに隠された秘密を探るためである。今回も、何か分かるはずと弥生も期待を膨らませていた。

シンガポール空港に到着すると、到着ロビーでは清夏が待っていた。清夏は、先にインドネシアからシンガポールに入っていたのである。

「お久し振り……、長旅お疲れ様です」

清夏は笑顔で出迎えた。清夏は以前のように細身で美しかった。そして、姉の秀華にやっぱり似ていると弥生は思った。

弥生は、

「こちらは、私のお世話になっている方々で、中村久美子さんと娘の佳恵ちゃん、そして弟の祐樹君。そして、こちらがカメオを持っている紗愛ちゃんです」

と、清夏にみんなを紹介した。すると祐樹は、「あっ、綺麗なお姉さん。オレ、祐樹です。ヨロシク」と、突然言ったのだった。それを聞いてすぐさま佳恵は、「生意気な弟でスミマセン」と謝り頬を赤らめたが、祐樹は全然平気な顔だった。

清夏は、「あら、可愛い弟さんね」と言い、祐樹は「へへへ」とドヤ顔になった。祐樹はまだ八歳だが、美女には敏感なようだ。


一行は、ホテルMに荷物を置き、夕食のためオーチャードにある中華料理店に向かった。ここは以前に行ったことのある店で、美味しかった記憶が弥生に残っている。食事をしながら、弥生は今回の訪問の目的についてみんなに説明し、紗愛の持ってきたカメオをその場で披露した。久美子と祐樹は初めて見るものである。

「これが、そのカメオです」

みんなの視線は、ピンク色に輝くカメオに集中した。

「ワー、綺麗ね」と久美子が言った。清夏は、

「これが、曾祖母の顔なのね……」と言って、カメオを手に取って眺めた。

「実は、これがもう一つあってね、それと合体すると蝶の形になるんですよ。すごいでしょ」

弥生はもう一つのカメオのことを説明した。それがきっかけで、三〇年もの間、離れ離れになっていた紗愛の母親とその妹のベッキーが再会したのだと。

「確かに、それはスゴイですよね」

清夏も弥生に同調した。

「ですよね。これはもう絶対に奇跡ですよ」と、弥生も興奮気味に答えた。

弥生は、「それとね」と言って、紗愛の持つ特別な力についても説明したのだった。

それは、人や物を探し出す力のことで、これまでに誘拐事件を三つも解決したのだと。

これは、清夏にとって初めて耳にすることだった。

「まあ……、それはまたスゴイですね……」

「たぶん、紗愛ちゃんはお母さんと三歳の時に別れたから、必死にお母さんを頭の中で探したんだと思うのよね。その時に培われた力がこのカメオによって活性化したんじゃないのかなって考えたんだけど、どうかしら?」

弥生は清夏に聞いた。

「そうですね……、私もそれはあり得ると思います。人間の脳にはまだ未解明の領域が多いと言いますからね。曾祖父の作品は、理由は分かりませんが脳を活性化させてその人の本来持っている能力を引き出すのでしょうね。以前に弥生さんと一緒に来られた江藤修二さんという方は、亀の彫り物のおかげでいろんな情報が頭の中に飛び込んでくるようになったと言っていましたからね。弥生さんも象牙の彫り物で、同じようになったんですよね?」

「ええ、そうです。私もそうなりました」

「じゃあ、オレも超能力者になれるのかな?」と、祐樹は目を輝かせて口を挟んだ。

「祐樹君もそうなるといいね。でも……、三〇年振りの姉妹の再会というのは、また話が違うような気がしますね……」

清夏はそう言って首を傾げた。

「だからね、その秘密がこの翡翠のイヤリングにあるんじゃないのかなって思うのよね。

私的には」

弥生は、真剣な眼差しで翡翠のイヤリングについて語った。

「ねえ、ここを見て。耳のところに星型のイヤリングがあるのが分かる？　それが翡翠のイヤリング。紅華さんによるとね、これはお母さんの実家に伝わる家宝だったみたいなんだけど、このイヤリングについては、紗愛ちゃんのお母さんがこう言ったの。『これには魔法がかけられていて、ジュラと三回唱えて願い事を言うとその願いを叶えてくれる』って。だから、このイヤリングには特別な何かがあるんじゃないのかなと思ってね」

弥生はこの時、「再会の願い」とは言わなかった。それは、このイヤリングの力であるとの確証がまだ持てていないからだ。

「それでね、この翡翠のイヤリングが今、紅華さんの家にあって、それを今回調べてくるってわけなのよ……。ねえ、すごいでしょ」

そう言って弥生は話を締め括った。

すると祐樹は、清夏の手の中にあったカメオを「ちょっと、お借りします」と言って受け取り、両手で包み込んだかと思うとすぐさま目を閉じ、

「ジュラ、ジュラ、ジュラ、どうか算数と国語の成績が上がりますように」と言ったの

である。佳恵は、

「祐樹、それだけでいいの？」と聞くと、祐樹はすかさずまた目を閉じ、

「跳び箱の上達もお願いします」と言ったのだった。これにはみんな大笑いだった。


その翌日、弥生たちは清夏の用意したワンボックスカーに乗り、マレーシアのジョホール・バルへ向かった。通常であればシンガポールから一時間半の道のりだが、年末の道路は予想通り混み合い、通常より一時間もオーバーして目的地に到着した。

ジョホール・バルの街は青々とした南国特有のたくさんの木々に囲まれ、まるで日本の初夏の彩りだった。ここはまさに南国のパラダイスである。

レストランの駐車場で車を降りると、一二月末なのに日差しが強く眩しかった。弥生たちはここで軽く昼食を取り、今度は紅華の家へと向かった。

門柱を潜り進んでいくと大きな家の前に来た。いよいよカメオの真相に迫ることになる。弥生の期待は一気に膨らんでいった。

清夏を先頭に玄関の中へと入っていくと、そこには紅華が笑顔で待っていた。日焼けした紅華は、拝むように両手を顔の前で合わせてみんなを出迎え、弥生は、紅華を見るなり「こんにちは」と同時に勢いよく紅華に抱きついたのである。紅華の小さな体は柔

らかく温かかった。その温もりは、大好きだった今は亡き祖母の温もりと同じである。

家の中は、以前のように真ん中に大きなソファーセットがあり、みんなはそれぞれに紅華に挨拶してそこに座った。

弥生は、清夏の通訳で早速切り出した。

「翡翠のイヤリングが見たくて来ちゃいました」

「ええ、お待ちしていましたよ。これがそれです」

紅華は、前もって準備していた小さな四角い木箱を膝の上に置き、その蓋をゆっくりと開けてから、テーブルの上にそれを置いた。

箱の中を覗き込むと、中には一対のイヤリングがあった。

「手に取ってみてもいいですか？」

そう言って、弥生は箱の中からイヤリングを取り出し、手のひらに載せた。するとその瞬間、弥生の脳裏にある映像が過った。

そこは緑に囲まれた山の中。そこから見える景色は、遠くに山々が連なり、眼下には青々とした木々が天に向かって真っすぐに伸びている。

（あっ、これは夢に出てきた景色だ）

弥生は、以前に見た夢の中の映像を思い出したのである。

イヤリングは、小さな緑色の翡翠が金の留め具によって星型に見えるもので、これは、カメオにあるイヤリングに間違いないと弥生は思った。この翡翠は色が均一で濁りの少ない緑色をし、弥生の目からも素晴らしい宝石に見える。それをみんなで順番に手に取りながら眺めた。

「これを、お母さんからいただいたんですね？」

弥生は紅華に聞いた。

「ええ、そうですよ。私が結婚する時に母からもらいました。母の家に以前からあったそうです。母も結婚する時にはこれをつけたと言っていました」

紅華は過去を懐かしむように言った。

紅華の話によると、このイヤリングは母の家に代々伝わるもので、紅華も次へ渡そうと思っているとのことだった。

「生まれたのが男の子ばかりでね。だから、孫に渡そうかと思って……」

孫とは、清夏とその姉の秀華を指す。そして、自分もその中に入っているのかもしれないと弥生は勝手に想像した。

次に、紅華は母親からもらった時の話をした。

「この翡翠は、『竜の涙』と言ってね……」

弥生は「竜」と聞いて、以前見た夢に竜が出てきたことを思い出した。風邪を引いた時に見た夢である。

紅華は、子供の頃に母親の生家へ行ったことがあり、その家は村で一番大きな家だったとのこと。その家にはいろいろな人たちが出入りしていて、遠くはインドとかヨーロッパの方からも来ていたそうだ。大連には港があるため、交易が盛んで、そのせいか珍しいものがたくさんあったらしい。この翡翠はヨーロッパの方から来たもので、その触れ込みが「竜の涙」だったとのことである。その意味は、「険しい山奥の洞窟から掘り出した貴重なもの」との説明だった。

「『竜の涙』ですか……」

弥生は、このイヤリングを見たくなった理由を紅華に説明した。それは、紗愛の母親との七年振りの再会、そして紗愛の母親と妹との三〇年振りの再会の話だった。そして、紗愛が持っているカメオにこのイヤリングが描かれているのだと。

「これがそのカメオです」

すると、紗愛は次のように付け加えた。

「私はこれを母からもらいました。母も祖母からもらったと言っていました。そして、祖母はこれを香港へ行った時に購入したそうです」

紅華は、カメオを手に取りジッと見つめた。

「ほお……、確かに、この顔は母の顔に似ていますね……」

紅華はカメオを両手で包み、ゆっくりと目を閉じた。

紅華は何かを感じ取ろうとしているようだ。沈黙はしばらく続き、そして目を開けた。

「これは、確かに父の作品のようですね。そう感じました」

紅華はそう言って、カメオを紗愛へ戻した。

「この作品は、恐らく母が亡くなってから作られたものだと思います。父はとても優しい人でした。いつも笑顔で母や私に接してくれていましたからね。このカメオにはそんな父の優しさと母への愛情が感じられます。この穏やかな顔は幸せに満ちた母の顔だと思います。これを作っている時の父もきっと幸せだったと思いますよ」

遠い過去を思い出し、紅華の顔も幸せそうな優しい顔になっていった。

「母娘の再会と姉妹の再会ですか……。二回も奇跡的な再会があったとは、素敵なお話ですね。このカメオが、そのきっかけになったのであれば、父も喜んでいることでしょう」

すると紅華は、姿勢を正しひと呼吸おいて、こう言った。

「実は、この翡翠のイヤリングは別にもう一つありましてね……、そのもう一つというのは、朝廷に献上されたもので、当時としてはとても高価なものだったと聞いています。この二つのイヤリングは、二人の娘たちの結婚式用にと、ある国の領主が取り寄せたものでしたが、ある日、大雨で洪水になってしまい、娘さんたちが流されてしまったそうです。父親は必死に二人を探し続けたけれど見つからず、途方に暮れた父親は、このイヤリングを握りしめ、『娘たちにまた会いたい』と願ったそうです。すると、その日の夜に二人は父親の夢に現れました。

父親は必死にお願いしたのでしょうね。たとえ死んでいたとしても、たとえ夢の中であったとしても娘たちにまた会いたいと。父親は娘たちにまた会うことができて大層喜んだそうです。そのお話を私は母から聞きました。とても悲しいお話ですが、『娘たちに会いたい』という願いをこのイヤリングが叶えたのかもしれませんね。フランスの北の方にジュラ山というのがありまして……、その麓に伝わるお話だと私は聞いています」

「ジュラ山？」

紗愛はその言葉を聞いて目を輝かせた。「ジュラ」とは、願い事をする時に言う言葉。

「そのジュラ山のお話を紅華さんのお父さんもご存じだったのでしょうか？」

弥生も目を輝かせた。

「ええ、父も母から聞いていたと思いますよ」

（よしっ、これで繋がった）


劉氏はイヤリングにまつわる「再会」の話を知っていた。だから、妻をモチーフにカメオを作るに当たっては、どうしてもこの翡翠のイヤリングが欠かせなかった。それは、妻との来世での再会を強く願ったからだ。そしてその願いが、劉氏の生きる支えになったからだ。これが、カメオの持つ最大の秘密である。

劉氏は家族を大事にし、妻を愛し、娘・紅華を愛していた。その結果、このカメオが生まれたとも言える。カメオにはそんな作者の思いが込められ、それが紗愛の特別な能力を引き出し、紗愛とキャサリン、そしてキャサリンとベッキーの再会へと導いたのだろう。劉氏もまた特別な力の持主と言えよう。

そう思った瞬間、弥生の脳裏に劉氏がカメオを制作している姿が過った。小さな作業場の中で、妻の写真を脇に置いて黙々と彫り進める劉氏のその顔には幸せそうな笑みがこぼれていた。

日本に帰って、いつもの公園に弥生、紗愛、佳恵が集合した。一月初旬の空気は冷たく、手の指先が痛くなるほどだが、公園内ではいつものように子供たちの賑やかな声が響いていた。

「『竜の涙』って言っていたわよね、あの翡翠のイヤリング……」

弥生は、紅華の話を思い出して言った。

「透き通るような綺麗な緑色だったわ……。あれには『ジュラの伝説』が関係していたんだね」

そう言って佳恵は空を見上げた。今日も、浦和の空は透き通るような雲一つない青空である。

「『ジュラの伝説』ってさ、『再会の願い』のことなんでしょ。でも、『再会』って、中国では『さよなら』の意味なんじゃない？」

と、紗愛は弥生に聞いた。

ジュラ山の麓で起きた悲しいお話を、佳恵と紗愛は「ジュラの伝説」と命名したようだ。

「そうね。中国語では見るという字を使って『再見』と書くんだけど、『ザイチエン』って言って、『さよなら』を言う時に使うのよね。でも、『また会いましょう』っていう意味なんじゃないのかなあ……」

「離れ離れになっても、愛する人とまた会えるって素敵よねー」

佳恵の声は潤み、まるで夢見る少女のようだ。

「そうね、あのイヤリングには『再会の願い』が込められているからね。でもね……、紗愛ちゃんのお母さんが前に言っていたことなんだけど……、強く願えば、きっとその思いは相手に通じると思うんだよね、私的にはね。たとえ、イヤリングがなくてもね」

弥生には現在、思いが伝わる人物が三人いる。今はベトナムに赴任している江藤修二もそのうちの一人である。彼は恋人ではないが、たとえどんなに遠くにいても、修二とは思いが伝わるのを弥生は何度も体験している。また、既に亡くなっている人とだって思いは伝わると弥生は思っている。山内弘樹の言っていたことはそういうことだった。

「それで、弥生お姉さんは、誰か、思っている人はいないんですか？　彼氏とか」

（えっ……）

佳恵は突然そう聞いてきた。急な話の展開に弥生は驚いた。大人の女性の恋心に興味があるというのだろうか。ませた子供である。しかし、弥生はその答えに窮した。弥生にはそんな人はいないし、今までに一度も経験したことがないのである。だけど、

「もちろん……、いるわよ。私にだってね。へへへ」

と、弥生はドヤ顔で答えた。でもこれは半分嘘。弥生の見栄が勝ったのだ。「いない」と言えばこの場合、二人に思い切りバカにされると予測したのである。

「キャー、本当ですか……。で、その人はどんな人なんですか？　やっぱり、その人と手を繋いだりするんですか？」

佳恵は興奮気味に聞いてきた。弥生を見つめる佳恵と紗愛の瞳は好奇心に溢れ、星のようにキラキラと輝いていた。その光はまるで弥生の心を突き刺すようだった。

「ええと、それはね……、ヒミツ。ハハハ」

弥生は笑ってごまかした。その瞬間、

「ええー」

という二人の残念そうな声が公園内に響いた。

弥生はこの時、自分も一一歳の頃の少女に完全に戻っていた。今まさに「スリーガールズ」状態である。脳は時折勘違いをする。二人のあどけない顔を前に、弥生の脳は今、勘違いの真最中だった。


（完）

著者プロフィール
本間 章治（ほんま しょうじ）

1953年、北海道夕張市に生まれる。自然豊かな山の景色の中で18歳まで育った。1978年、茨城大学人文学部を卒業後は日本生活協同組合連合会に勤め、主に商品事業に携わってきた。定年退職後は介護タクシー事業を立ち上げ、介護の必要なお年寄り、しょうがい者を対象とした事業を営んでいる。その内容の一部はブログ「日々是好日なり」に掲載している。

著書：『イマジネーション　長城の亀と謎の力』（2018年　文芸社）
『消えた記憶　イマジネーション２』（2020年　文芸社）

ジュラの伝説　イマジネーション3

2021年９月15日　初版第１刷発行

著　者　本間 章治
発行者　瓜谷 綱延
発行所　株式会社文芸社
〒160-0022 東京都新宿区新宿１－10－１
電話 03-5369-3060（代表）
03-5369-2299（販売）

印刷所　株式会社フクイン

ISBN978-4-286-22858-7